Illustration : Ciel

Royal Kiss Label

王の寵愛と偽りの花嫁

火崎　勇

JULIAN
a day in the life

この物語はフィクションであり、実在の人物・団体・事件等とは、いっさい関係ありません。

人物紹介
エルロンド
エステアの国王。
若くして王の座に就いた。
メルア
ローウェルの末姫。
結婚が嫌で城を飛び出したが、
隣国の王妃になる!?
王の寵愛と偽りの花嫁

イラスト・Ｃｉｅｌ

Contents

「ゴートの王から婚姻の申し入れがあった。そろそろお前も結婚を考えてもいいだろう。メルア、お前が婚約するといい」

その日、お父様に呼び出された私は、そう言われて頭が真っ白になった。

ゴートの王？

以前パーティで出会ったことがあるお顔が思い浮かぶ。

お父様より年上の、痩《や》せた老人だった。

お父様に媚《こ》びへつらい、お酒ばかり飲んでいる人で、苦手だわと思っていた。なるべく近づかないようにしていたぐらいだ。

なのにあの老人を私の夫に？

「嫌です」

はっきりと断った私に、お父様はじろりとした一瞥《いちべつ》をくれた。

「末娘だからといって甘やかし過ぎたな。王族の結婚は個人の自由にはならん。婚約は一週間後に発表する」

「でも…！」

「これは決定だ」

いつもは、何でも私の言うことを聞いてくださる優しいお父様だった。けれどこの時だけは、王の威厳を持ってそう言うと、一言「下がれ」と命じただけだった。

王の命令は私が何を言おうと、覆《くつがえ》されることはない。

それが公式発表となれば、特に。

つまり、私の運命はこの時ほぼ決まったと言っていい。

生まれた国を遠く離れて、酒好きの老人の妻となるという最悪なものに…。


大国ローウェルには、三人の王子と五人の姫がいた。

そして私はその五番目の姫だ。

小さな頃からたっぷり甘やかされて育ったけれど、王の娘としての務めを果たそうと勉強も一生懸命やってきた。

その全てが、無駄だと言われた気分だった。

「お可哀想な姫様」

私室に戻ってその事実を伝えると、子供の頃から側にいる侍女《じじょ》のミアは驚き、涙を流して嘆いてくれた。

「ゴートなんて、北の小国でございましょう？　どうして姫様がそんなところへ。しかもお相手は老人のような王だなんて」

「『ような』じゃないわ、ミア、老人よ」

答えるとまた気分が重くなる。

お父様の考えはわかっていた。

父親としてどんなに娘を可愛がっていても、王として見れば姫は有力者との縁を繋ぐ大切な道具。

でもたかが道具で終わりたくないと思うから、今までずっと色んなことを努力してきた。

姫としてのたしなみはもちろん、女性としては珍しく歴史や経済を学んできた。

将来は国内でお兄様の手助けをしたいと思っていたのだ。

でもだからこそ、お父様が私をゴートなどという小国に嫁がせようとする理由も、わかってしまっていた。

ローウェルは東を海に面した国で、四ヶ国と国境を接している。

北から、トール、カリア、エステアの三国だ。

海に接していない内陸の国カリアは、領内を流れる川が公益の主流で、その川がローウェルを通って海に流れる関係上、我が国との関係は良好。

南のエステアは、先年王が亡くなり、若い王が跡を継いだ。でも、先王は女性に対して奔放な方だったので、問題を山ほど残して逝かれた。

はっきり言ってしまえば、愛妾《あいしょう》を囲うことにかまけて政治をおろそかにし、国内で貴族をのさばらせてしまった上に、愛妾の子供達、つまり王位を狙う現王の兄弟をいっぱい残したのだ。

エステアは決して悪い国ではないけれど、暫《しばら》くは落ち着かないだろう。

問題はトールだ。

北のトールとは、国境を巡ってお父様と何度か小競り合いをし、いつも負けていた。

北国では寒さで作物がよく育たないので、どうしても南の土地が欲しいが、お父様に追い返されて望みが果たせない。

ゴートはそのトールの向こう側の国で、もし二つの国が手を結んだら少しやっかいなことになる。

だからそうなる前に、私をゴートに嫁がせて、両方からトールを挟み込もうという考えなのだろう。

「私を嫁がせなくたって、他にも方法はいくらでもあるはずよ。たとえば、海上貿易でゴートとうちの定期ルートを作ってあげるとか、食料の支援をしてあげるから同盟を結ぼうと持ちかけるとか。なのにお父様は私を犠牲にするのだわ」

怒って壁にクッションを投げ付けると、ミアはそれを拾いあげて埃《ほこり》を払った。

「物に当たってはいけません」

彼女が毎日綺麗にしてくれているこの部屋に、埃など無いだろうに。

「私に難しいことはわかりませんが、正式なご婚約が一週間後ならば、陛下にもう一度直訴なさっては？」

「無理よ。あの頑固親父は、王が決めたことを翻すのはみっともないと思っているのだもの」

「まあ、陛下を頑固親父だなんて」

「口が悪いのはわかっているけれど、今回ばかりはそう言いたくもなるわ。だって私の資質も見ないで道具にするのよ？　もし私をお兄様の相談役に置いてくだされば、絶対にいい働きをするのに」

自惚《うぬぼ》れではない。

どうしてだか、私の三人のお兄様は皆、お気が優しくて、おっとりなさっているので、子供達の中では私が一番気が強いのだ。

「確かに、クロウリー様が王様になられるのならば、姫様くらいしっかりなさった方がいらした方がよろしいかもしれませんわね」

「でしょう？」

我が意を得たりとミアを見ると、彼女は首を振った。

「でもそれは、そういう宰相《さいしょう》をお付けになるか、しっかりした奥様を迎えられればよろしいことですわ。姫様には素敵な奥様に…」

そこまで言って、彼女はまた涙ぐんだ。

素敵な奥様にはなれない、という話をしていたことを思い出したのだろう。

「私…、家出しようかしら？」

「はあ…？」

「家出よ。このまま城にいれば絶対に婚約させられてしまうもの。でも、私がいなくなれば、婚約も結婚もできないでしょう？」

「何をおっしゃってるんですか」

「ねぇ、ミア。あなたの実家に私を匿《かくま》ってくれない？」

いいアイデアだと思ったのに、彼女の顔は見る見る青ざめた。

「そんな、恐ろしい。もしそのようなことをしたら、私の一族は姫のかどわかしという大罪で全員打ち首です」

「…そうね。それにあなたのところじゃすぐに見つかってしまうわね」

「陛下にお手紙を書かれてはいかがでしょう？　お話をなさるお時間はなくても、お手紙なら読んでくださるかも。でなければ、クロウリー様にお願いするとか。殿下は姫様をとても可愛がっていらっしゃいますし」

彼女の言う通り、跡継ぎとして窮屈に育った兄様は、自由な私を羨ましいと言って、とても可愛がってくださっていた。

でも兄様が私のためにお父様と喧嘩《けんか》などしてくださるかしら？

「…わかったわ。今夜、お二人にお手紙を書くから、もうあなたは下がっていいわ」

「お食事は？」

「部屋で摂《と》ります。みんなには体調が優れないからだと伝えておいて。そうすれば少しは私がこの話を嫌がっているという意思表示になるでしょう」

「かしこまりました」

ミアは、まだ抱えていたクッションをソファに置くと、深く頭を下げて退室して行った。

「本当に…」

一人になると、改めて怒りが湧いてくる。

鏡に映すまでもなく、私は自分の容姿を自負していた。

妖艶なほど美しいお母様よりは少し劣るかも知れないけれど、淡い緑の瞳にうねりのない真っすぐな金の髪。ツンと上を向いた鼻も、小さな唇も、余人に比べて見劣りなどしないだろう。

言ってしまえば、私を道具として扱うにしたって、もっといい相手を選べるだけのものを持っている。

なのにお父様は、面倒くさがってあの老人を懐柔《かいじゅう》するのに一番容易い方法としてしか私を見ていなかった。

姫の部屋としては異質なほど壁を埋め尽くす本の棚。

これを一度でも見ていただければ、私の本気だってわかってくださっただろう。

結婚相手が老人だから嫌なのではないのだ。、自分がお父様に『安く』扱われたことが腹立たしいのだ。

私なら、もっと出来るのに、と。

私は奥の部屋へ入り、机に向かった。

お気に入りの白い羽根ペンを握り、お父様への手紙をしたためるために。

私はお兄様の相談役になりたいのです。でなければこの国のために働く者の妻でもいい。ただ一時の人質のように扱われたくはないのです。

どうか、私に出来ることをもっとよく考えてください。

そこまで一気に書いたが、便せんは丸めて捨てた。

こんなことを書いたって、王の決定を覆す理由にはならない。

お父様は、ご自分の目で見たものしか信じないのだから。王としては正しいことだけれど、娘としてはやりにくいところね。

機会を与えられれば、私が役に立つところを見せることができるかもしれない。

問題はお父様が私に機会を与えてくれるかどうか、だ。

「…無理ね」

お父様は私を可愛がってくださる、愛してもくださっているだろう。けれど兄様達のように、自分の仕事の手助けをする者とは見てくれない。

唯一役立つと思っているのは、パーティで愛想を振り撒《ま》くことと、こうして国政に従って婚姻させることだけだろう。

考えようによっては、私に仕事を与えてくれたとも思うけれど、これは役不足よ。

お父様がそう考えるのも、無理はないだろう。

お母様がそういう方だから。

お母様はお父様の二番目のお妃だ。

前のお妃様はご病気で亡くなられて、その後にご結婚なさったのだ。

王妃であるお母様は決して政には口を出さない。美しさでお父様を慰《なぐさ》め、外交を助けていらっしゃる。

先の王妃様がお産みになられたのは三人の姫だけだった。

けれどお母様はそのお姉様達を別《わ》け隔《へだ》てなく愛し、ご自分は王子三人を含めて五人の子供を生み、国母《こくぼ》としてのお役目も果たした。

控えめで、おとなしいお母様。

お父様はきっと『女性』の理想はこうであれ、と思ってらっしゃるのだろう。

けれど私は違う。

街では女でも働いている、ということを知っている。

城内にしても、ミアを始め女達が働いてくれている。彼女達がいるからこそ、全てが上手く回っているのだ。

もし彼女達が手を止めたら、城はあっという間に埃だらけになり、食事だって自分達で取りに行かなくてはならないだろう。

お父様にはその想像力がないのだわ。

前にミアから聞いたけれど、街では女が作ったパンや服や、その他のものを女達が売っているし、学校の教師にも女性がいる。

この世の全てを女性が回しているとは言わないけれど、半分くらいは手伝っているはずよ。

なのにお父様は私に子供の使いのようにゴートへ嫁《とつ》げと言う。

「…私が街に生まれていたら、きっと自分で働くわ。学校の先生もいいし、商売をしてもいい。きっと何だってできるわ」

もし私が街に生まれていたら…。

兄様に訴える手紙を書く手が止まる。

城ほど美味しいものは食べられないかもしれない、綺麗なドレスも着られないだろう。でも、そんなものなくたって我慢はできる。

生活のためにはお金が必要だという事も知っていた。そのお金も持っている。

普通王族は金銭など持ち歩かないのだが、私は兄様の地方視察に同行したことがあって、その時に買い物もした。その残りがまだ残っていた。

上手くやれる。

考えると胸がドキドキした。

一週間も待つことはないわ。

私は自分がしたいことをするべきよ。

そして自分の力で生活できるほど私が有能だと示すことができれば、きっとお父様だって見直して私の使い道を考え直してくれるはずよ。

新しい便せんを取り出し、私はペンを走らせた。

たった今思いついた妙案を言葉にするために。

『愛しいお父様へ
私はお父様の考えた私をゴートに嫁がせるということを承服できません。
もちろん、結婚が王族の務めであることはわかっています。けれど、今回の結婚はその務めに相応しいものとは思えないのです。

ゴートとの同盟は、私という一人の人質で盤石《ばんじゃく》とも思えません。むしろ、私が嫁いだままゴートとトールが手を結べば、私は彼等の人質となってしまうでしょう。

ゴート王は信用に足る人物とは思えず、その意味でも私はあの方に嫁ぎたくはないのです。

航路を開き、貿易を確約してあげる代わりに同盟を求めることの方が有意義ではないでしょうか？

もちろん、お父様は補給港をトールに置かねばならぬのなら意味はないとお考えでしょう。

ですが、私はトールの対岸にある小島が、その問題の答えになるかと思います。

以前王宮に出入りしていた商人に聞いたのですが、そこは自治領で、外洋に漁に出る船のために小さいけれど立派な港があるとか。

そこと先に同盟を結び、航路を開けば、きっとゴートは喜ぶでしょう。

いいえ、こんなことを言いたいためにペンを取ったのではありません。

これは浅はかな私の一つの提案です。

けれど、このように考えるべきことは幾多《いくた》もあるはずです。

ですから、私は城を出ます。

この結婚よりももっと私がお父様の役に立つことを証明するために。

誓って、私のこの企《たくら》みにミアは加担してはおりませんので、彼女を罰したりはなさらないでくださいね。

敬愛するお父様はそんな愚かなことはしないと信じてますが、一応書いておきます。

どうか、私を捜したりなさらないでくださいね。

いつかしっかりとした働きを遂げたら、必ず戻って参ります。

どうかその日を楽しみにお待ちください。

お母様やお兄様お姉様達にもご心配のないようお伝えください。

それでは、またお会いできる日を楽しみに…。

あなたの娘、メルアより』

手紙を机の上に置くと、私は一番粗末なドレスに着替え、小さな鞄に必要と思われるものを詰めた。

持って出たいものはいっぱいあったけれど、自分が運べる量を考えてだ。

部屋に残っていたお金と、小さな金細工や金のボタンを小袋に詰めるのも忘れなかった。

すぐに働き口が見つからなかったら、生活に困ることを見越してだ。

それから、紋章の入った指輪も忘れなかった。

いつか私が事を成して戻った時、門番が私に気づかず城へ入れてくれなかったら困るので、身元の証明のために。

それは小さな袋に入れて、下着にピンで止めておいた。

私のサインを入れたメモを書き、それをポケットに入れた。これは後で使うためだ。

準備万端整えて部屋での夕食をいただいたあと、私は窓から部屋をそっと抜け出すと、そのまま建物沿いに厨房のある場所へ向かった。

厨房には人の出入りが多く、一番城の外へ出られる場所だと思ったからだ。

けれど、思ったより人が多かったので、暫《しばら》くイモ樽の陰で人がいなくなるのを待たなければならなかった。

一同が寝静まった後、厨房にかかっていた下働きのエプロンを付け、帽子で金髪を隠してから門に近づくと、思った通り門番に止められた。

「こんな夜中に何をしている」

門番は私の顔を知らないし、部屋を出る時にソバカスを書いておいたのだけれど、少しドキドキする。

このために、書いておいたメモを差し出す時にも、手が震えた。

「はい、メルア姫様から内密に買い物を頼まれまして…」

王家の紋の入った便せんに、私のサイン。

当たり前だけれど本物のメモに、門番は少し驚いたが、門を通してくれた。

「このメモは持って行け。戻る時にもそれを見せるのだぞ」

と注意もくれた。

これは褒《ほ》めてあげるべきことね。

ただこのことがバレたら、彼は酷く怒られるかもしれないけれど…。

門を出ると、真っすぐに走った。

誰かが何かの気まぐれで私のベッドを覗いても、そこには布団で作った偽物の私が寝ている。

けれど、もしも声をかけても返事がないとそれを捲《めく》ってしまったらわかってしまう。

追っ手が来る前にどこか遠くへ行かないと。

街の危ない場所はわかっていた。

街を馬車で抜ける時、必ず通らないところがあったから。

エレア通りがいいわ。

あそこなら私もよく馬車で通ったし、王室御用達の店があるのだもの、きっと夜でも危険は少ないはずよ。

誤算だったのは、自分が街へ出る時にはいつも馬車で行くのに、今日は徒歩だということだった。

「…遠いわ」

小さな鞄にしてよかった。

欲をかいて大きな鞄を持って出たら、きっと歩けなくなってしまっただろう。

でもやっぱりエレア通りは遠かった。

仕方なく、私は最初に見えた宿屋の明かりに近づくと中を伺った。

小さいけれど清潔そうな宿。

うん、変な人はいなさそうね。

考えてみれば、私の足で来られるほど王城に近いのだから、変な人間がいるはずもないわ。

勇気を出して、扉を開けて中へ入る。

「一晩お部屋を借りたいのだけれど、よろしい？」

カウンターの中に立つ宿の主人は私を吟味《ぎんみ》し、にっこりと笑った。

「宿代は先払いになりますが、よろしいですか？」

「ええ」

「お一人で？」

「後で連れの男の方が来るかも知れないわ」

こういう嘘をつく知恵もあるのよ、私は。

「そうですか、ではお名前をこちらに」

宿帳を差し出され、私は少し考えた。

偽名を考えていなかったわ…。

こんなに城に近いところで姫と同じ名前を書くわけにはいかない。でもあまり悩んでいると怪しまれてしまう。

仕方なく私は伯母様の名前を使うことにした。

アレーナ・レギンス。

下の名は私の馬を世話してくれている馬丁の名前だ。

「お食事はどうします？」

「ありがとう、でももう済ませてきたから」

主人と会話をしていると、そこに新しい客が飛び込んできた。

「部屋は空いているかね？」

大きな、がっしりとした身体の男性だ。けれど物腰は悪くない。

「空いてますよ。何名様で？」

「三人だ。馬車があるんだが」

「では裏手へどうぞ。馬に水と干し草をお望みなら、その分の料金もいただきますが？」

「ああ、頼もう。ところでご主人、この辺りで家庭教師のできそうな平民の若い娘を探すとしたらどこへ行けばいいかな？」

男が問いかけながら宿帳にサインをしていると、彼の連れらしい男が入ってきた。

こちらは真面目そうな役人みたいな男の人だった。

「そうですねぇ。この先に口入れ屋がありますから、そこで聞けば。でも若いのは難しいかもしれませんよ」

役人風の男性は、私を見てにこっと笑った。

先の男の人はいかつい感じだったけれど、こちらは整った高貴な顔立ちだわ。

「お一人ですか？」

「いいえ、後から連れが来ますの」

「そうですか。それならよかった。女性一人では物騒ですからね」

「心配してくださってありがとうございます」

こちらも悪い人ではなさそうね。

「ご旅行ですか？」

「いえ…。実家に戻るところなんです」

早くこの場を立ち去りたかったけれど、新しい客との会話に夢中になって宿屋の主人は私に鍵を渡すことを忘れていた。

仕方なく、役人風の男性との会話を続ける。

「遠いんですか？」

「ええまあ。…田舎ですわ」

「失礼ですが、お仕事でこちらに？」

「か…、家庭教師をしてましたの。でも、勤め先のお屋敷がお引っ越しなさるので私も暇《いとま》を取って帰ろうかと」

たった今耳に入れた言葉を使ったのがまずかった。

役人風の男だけでなく、宿の主人と会話している男の方もこちらを振り向いた。

「お嬢さん、家庭教師だったのかい？」

「え？　ええ…。でもとても小さいお子さんでしたから、家庭教師というより遊び相手のようなもので…」

「実家に戻られるのなら、働き口がないわけですよね？」

「いいえ。それが…。もしかしたら雇ってもらえるかもしれませんの。新しいお屋敷の方が迎えに来るかもしれなくて」

意外だわ。

私ってば結構嘘がつけるのね。

「そうですか。それは残念だ。私達も家庭教師を探していたので」

「残念ですわ。あの、ご主人、私の部屋の鍵を」

二人の注意が私に向いて会話が途切れたので、すかさず主人に声をかける。

「おお、そうでしたな。二階の左端です。内鍵もかかりますよ」

「ありがとう」

鍵を受け取ると、私は慌てて階段を上った。

見ず知らずの人間に嘘をついたり会話したりして、心臓がバクバクしていた。

でも上手くやったと思うわ。

「左端の部屋…、ここね」

鍵の番号と扉に付いた番号を確認し、中へ入る。

部屋は、とても小さくて狭かった。

ベッドが一つとテーブルが一つ。次の間はない。

それでも、生まれて初めて泊まる『宿屋』というものに興奮していた。

窓を開けて外を確認してみたけれど、追っ手らしい人影もない。まだ誰も気づいていないのだわ。

「明日は、乗合の馬車に乗って王都を離れよう。テドナの街なら大きな大学があって、私ぐらいの歳の者が多くいるはずだし、治安もいいわ」

お父様がよい政治をしてくださるからこそ、こうして安心して夜の街を歩けたのだと思うと、心から感謝した。

でもごめんなさい。

私は私の力を試してみたいの。

だからどうか私を探さないでね。

夜着《よぎ》を持ってこなかったし、何かあった時のことも考えて、私は服を着たままベッドへ潜り込んだ。

記念すべき新しい人生の、最初の夜だわと感激しながら…。


翌朝、私は身体の痛みで目を覚ました。

硬いベッドに服を着たまま眠ったせいで、眠りは浅く疲れを感じた。

手足を伸ばしてから辺りを見回す。

飾りのない家具。その家具さえ少ない。

でもきっとこれが普通の部屋なのね。

『狭い』と『足りない』は口にしないよう注意しないと。

少し皺になってしまったドレスの裾を丁寧に直し、髪を目立たぬように編む。

朝食は…、自分で取りに行くのかしら？　部屋に荷物を残しても大丈夫かしら？　誰かが呼びに来てくれるものなの？

悩んだ末、私は鍵をかけて部屋を出ることにした。

小さな提げ袋にお金だけ入れて、鞄は部屋に置いておいた。

「おはようございます」

宿の主人はおらず、代わってそこには年配の女性がいた。

「おはようございます」

「あの、お食事は？」

「ああ、うちで食べるんでしたらそちらの奥が食堂ですよ。お客様は食事付きとおっしゃらなかったんで、食べるんならお金を払ってくださいね」

「はい」

お腹はあまり空いていなかったけれど、ここを出たらどこで食事をしたらいいのかもわからないので、取り敢えず食べることにした。

食堂は、小さなテーブルが幾つも置いてあり、それぞれに客が座っていた。

テーブルは丸く、主客とか、上座とかは関係ないらしい。ほっとしたことに、客には女性もいた。一人、というのは私だけのようだったけれど。

スープとパンと、焼き菓子を一つだけ買って空いている席を探していると、誰かが私に向かって声を掛けた。

「お嬢さん」

振り向くと、昨日の役人風の男の人が私に向かって手を上げている。

「おはようございます」

「…おはようございます」

「お迎え、いらっしゃらなかったようですね」

「え？」

「いえ、今もお一人だから。それともこれからいらっしゃるのかな？」

「え…、ええ。さあ。来てくれるといいんですけれど…」

彼は椅子を引いてこちらへどうぞと示した。

いつまでも料理の皿を持ってウロウロしているわけにもいかないので、ありがたく相席させてもらう。

テーブルにはあの身体の大きい人もいた。それと、おそらく御者《ぎょしゃ》であろう老人も。

彼等の更には朝から肉が載っていた。やはり男の人ね。

私は軽く祈りを捧げてから、食事に手を付けた。

「もしこのままお迎えが来なかったら、本当に田舎へ戻ってしまうのですか？」

「え？」

「昨日そう言ってらしたから」

「ああ。ええ、まあ…」

そうね。自分のついた嘘は覚えておかないと。私は小さな子供の家庭教師をしていて、仕事が終わったから田舎へ戻る娘、なのだわ。

「都会の暮らしは楽しかったでしょう？」

「ええ」

まだ堪能していないけれど、嘘をつき通すためにそう答える。

「それぐらいでしたら、私達のところで働きませんか？」

「昨日お会いしたばかりなのに、どうしてそんなに熱心にお誘いくださるんですか？」

「私達の雇用には幾つかの条件があるのです。立ち居振るまいが上品であること、言葉使いも悪くなく、貴族の娘ではないこと。供の者も付けずに歩いていらっしゃるのだから、貴族ではないのでしょう？」

「違いますわ」

「結構。それに、我々はとても急いでいるのです。もしお嬢さんが引き受けてくださるなら、手間が省ける」

「家庭教師、なんですよね？」

「のようなものです」

勉強には自信があった。

私のような若い者を探しているのなら、きっと相手は小さな子供だろう。

子供に勉強を教えてお給金がもらえるのはいいかもしれない。家庭教師というのは普通家住みでやとわれることが多い。そうなれば宿の心配もなくなる。

昨日出会ったばかりの人、というのが少し心配だったけれど、隣のテーブルに座った人達の会話が耳に届いた時、私の心は決まった。

「本当だって、この先の宿屋に兵士が宿改めに来てたんだから、きっと何か事件が起こったんだよ」

宿改め。

気づかれたのだわ。

「わかりました。お迎えも来ないようですし、お仕事、お引き受けいたしますわ」

「それはよかった」

「すぐにそちらのお宅へ向かいましょう。ぐずぐずしてると、前の契約先のお宅の方がお迎えにいらしてしまうかもしれませんもの。そうしたら、二重契約というのになるでしょう？」

「よろしいんですか？　それでは朝食を終えたら出立でも？」

「結構ですわ」

急がないと。

せっかく逃げたのに、硬いベッドで一夜を明かしただけで連れ戻されるなら、逃げた意味がなくなる。

私は慌ててスープとパンを食べ終わると、焼き菓子はハンカチに包んで手提げにしまった。

「鞄を持ってきますわ。裏手の馬小屋で待っててらしてください」

「馬車なら正面に回しますよ？」

「いいえ。他にも出発なさる方がいらしてごったがえすでしょうし、裏手で結構ですわ」

玄関先で兵士と鉢合わせ、では大変だ。

「わかりました。それでは馬屋の馬車のところでお待ちします。私どものは黒塗りの馬車ですから」

「はい。ではすぐに」

神様はきっと私の味方よ。

追っ手が来る前に知らせが耳に届いたし、身なりの悪くない方にちゃんとした仕事を世話してもらえるし。

家庭教師が無理だったとしても、彼等の馬車で王都を離れることはできる。しかもその旅費はタダなのだもの。

後は、彼等が悪人ではないのを祈るのみね。

鞄を持って階段を下り、裏口から出ようとした時、玄関から大勢の足音が聞こえた。

「宿改めをさせてもらいたい」

追っ手だわ。

私は咄嗟《とっさ》に近くにいた手伝いの女性の手を取った。

「宿代は払ってあるけれど、もう発つとご主人に言っておいて。迎えの者が来たから、ご心配いただいたけど一人旅じゃなくなるって」

彼女はどうしてそんなことを自分に言うのかという顔をしたが、「はい」と頷いた。

これでいい。

彼等はきっと女の一人旅を探すだろう。でも今の伝言で私は一人旅の者ではなくなり、追っ手から逃れられる。

誰と行くか、を言わなかったのは、彼等が残した宿帳から後を追われたくなかったからだ。

裏口から出て馬屋へ向かうと、そこには立派な馬が繋がれた黒塗りの馬車が待っていた。

私の人選は間違っていなかったわ。

馬車は飾りがないけれど、しっかりとした造りだし、馬は王宮の馬屋にいてもいいくらいの駿馬だもの。

きっと地方の金持ち貴族なのだわ。子供は病弱か、利かん気で何人も家庭教師を追い出したような子ね。

「お待たせいたしました。荷物を取ってまいりましたわ」

「すぐに乗ってください、何だか表が騒がしい。くだらないことに巻き込まれたくないので」

丁度いいわ。

「わかりました」

開かれた馬車に乗り込むと、内張りは深紅で、高級な感じだった。

「ではまいりましょう。ああ、お名前は？」

「アレーナ・レギンスです。あなたは…？」

今更訊くのもおかしな話ね。

「私はテリーと申します。連れはガイ、御者はスライです。では参りましょう。主のところまで少し長旅になりますが、ご辛抱ください」

「馬車の旅は慣れておりますからご心配なく」

御者が一鞭くれると、馬車は走りだした。

ちらりと覗いた窓の外、宿の前には数人の兵士の姿が見えた。

だが、女一人をさがしているらしく、馬車には目もくれない。

これは冒険だわ。

見慣れた王城が過ぎてゆく。

私の城が遠ざかる。

私が何者か、誰も知らない場所で働くのよ。まずは家庭教師から。そしていつか何か大きな仕事をして必ず戻ってくる。それまでのお別れね。

「男ばかりの相席では居心地が悪いでしょう。暫くはゆっくりなさってください。窓も開けてかまいませんが、お顔は出しませんように」

「はい」

窓の外を眺めながら、私は地方貴族の小さな女の子を想像した。今まで自分が一番末だったから、妹ができるのは嬉しいわ。

もし男の子でも、きっと仲良くなってみせる。

ああ、でも家庭教師がだめだったら何をしようかしら？　それも考えておかないと。

石畳を走る馬車の、規則正しい揺れに身を任せ、心配しているであろうミアのことを思った。

どうか彼女が咎《とが》めを受けていませんようにと。

そして大切な家族、お母様達が酷く悲しんだりしていませんように、と…。


テリーさんは私を気遣うために声をかけないと言ってくれたけれど、何も話しかけられないままじっとしているのは退屈だった。

それに昨夜はあまりよく眠れなかったので、暫くすると私は眠りに落ちてしまった。

目覚めると、馬車はまだ走っていて、昼食だというバスケットが渡された。

「降りて食事をと思ったのですが、あまりよく眠ってらしたので」

と言われて恥ずかしかった。

揺れる馬車の中で与えられた食事を口にして、それでも馬車は走り続けた。

「あの…。まだ遠いのですか？」

と問いかけると、彼は「田舎なんです」と笑った。

「ああ、若いお嬢さんが乗っているのを知られると、よからぬ者に目をつけられますから、そろそろ窓を閉じてください」

けれどその言葉を聞くと、俄《にわか》に不安が湧いた。

全てが上手く行ってると思ってここまで来たけれど、本当かしら？

どうして彼等はこれから向かうお屋敷の話をしないのかしら？

私を教師として雇うなら、何ができるのかと訊かないのかしら？

それに、役人のようなテリーさんはわかるけれど、どうして家庭教師を探すのに、兵士のようなガイさんが一緒なのかしら？

まさか、私はかどわかされているのでは…？

いいえ、そんなことはないわ。

だって、かどわかすなら、今頃縛られたり脅されたりしているはずよ。それにこの馬車は人さらいが乗るような安物の馬車じゃない。

きっと彼等は女性の扱いがあまり上手くないだけなのよ。だから話しかけてこないのだわ。

言い聞かせても、不安は埋まらなかった。

日が落ちて暗くなってきても馬車は走った。

「馬替えをしますから、その間に食事を」

と言われて降りた時、既に取り替えられる馬が朝のものと違っていたことに驚いた。

私が眠っている間、おそらく昼食を調達した時に一度馬替えしたのだ。

しかも食事はまたバスケットに入ったものを馬車の中で食べることになった。食事は、ただ調達しただけだったのだ。

更に。

「そろそろ到着しますので、目隠しをしていただけますか？」

と言われては…。

「目隠し…、ですか？　どうして？」

「防犯上の秘密です」

「でも私は、そこで働くんですよね？　でしたら別に何を見ても…」

明らかに、『おっと、そうだった』という顔をしたくせに、テリーさんはにっこりと笑った。

「まだ正式に雇われるかどうかわからないですから」

正しいかも知れない。

でも怪しい。

「そんな顔なさらなくても、大丈夫ですよ」

真面目な顔というのは、にっこり笑えば笑うほど怪しいのだということを今日初めて知った。

「さ、アレーナさん」

目隠しを差し出したのがガイさんだった時、彼の同行の理由はこれではないかと思った。

つまり、脅しだ。

テリーさん一人なら、私でも何とかなるかもと思っただろうが、ガイさんが相手では私など何をしても敵《かな》うわけがない。

「…わかりました」

と素直に言うことを聞かせるために、彼はいるのでは、と。

目隠しをして暫くすると、馬車は石畳の道に入った。

怖いのに、ちゃんと注意をしていなくてはならないのに、目を閉じて（目隠しだけど）いると、だんだんと眠くなってくる。

もう随分遅い時間だろう。

いつもならばベッドに入っている頃だ。

丸一日、休みも取らず、馬替えをしてまで走り続けるほどの田舎なのだろうか？

でもちゃんとした石畳の道がある場所。

逃げ出す時のために、何か音に特徴的なものはないかしら？

でも結局、私はまた眠ってしまった。

いけない、と思っても、襲ってくる睡魔に勝てなかった。

身体が大きく揺れている、と感じて意識を取り戻して、自分が寝ていたのだと気づいた。

いいえ、それよりももっと気づくべきことがあった。

揺れていたのは、馬車のせいではない。

誰かが私を抱え上げて運んでいるせいだ。

「何…？」

「シッ、お静かに」

テリーさんの声。

「何してるんです！」

「あなたが眠ってらしたから、ガイに運ばせてるんです」

「下ろしてください。もう目は覚めました」

「あと少しですからこのままで行きましょう。痛いところはないでしょう？」

私が寝ていたから、というのは事実だけれど、もし寝ていなかったらきっと別の理由を作ったのだろうという返事。

「でも…」

「お静かに」

カツカツと足音が響く。

もう建物に入っている証拠ね。

でも随分と長く歩いている気がする。お屋敷はそんなに広いの？

でも誰とも言葉も交わしていないということは、人のいない屋敷なの？

私を抱き抱えているのはガイさんだから、絶対に逃げ出すのは不可能だわ。

ああ、私のバカ。

どうしてもっと相手のことを調べてから話を受けなかったのかしら。

お屋敷の場所や、働き先の家の名など、訊くべきことは山ほどあったはずなのに。

ガチャリ、と音がして扉が開く。

そこで初めて、別の人の声を聞いた。

「お待たせいたしました、ユリウス様。お望みの女を連れてまいりました。ガイ、下ろせ」

ユリウス『様』？　では主のところに着いたの？

思っていたよりも、そっと優しく下ろされた先は、ふかふかのクッションの上だった。

「ご苦労、お前達は下がっていい」

「はっ」

「テリー、お前の審美眼《しんびがん》に期待してるぞ」

また別の人の声。

今のはユリウス様と呼ばれた人のものではない。もっと低くて、威厳のある声だわ。

「ご期待に添えれば、と願っております」

新しい誰かも、テリーさんよりも身分が上の人なのだろう。彼の声はとても緊張していた。

ドアが開いて足音が去り、ドアが閉じる。

「アレーナ・レギンス？　目隠しを取りなさい」

上から目線だわ。

彼が雇い主なら当然か。でもこんな運び方をするなんて、一言文句を言ってやらなくては。

「どうしました？　早く目隠しをお取りなさい」

催促されて、私は目隠しを取った。

「一体どういうおつもりで…」

だが、意を決して文句を口にした私は、言葉を失った。

目隠しされている時に想像していたのは、よくて田舎の領主の屋敷、悪ければ盗賊のアジトだろうと思っていた。

どちらにしても粗末な屋敷程度。

けれど私の目に入ったのは、連れ戻されたかと思うほど立派な室内だった。

高いアーチ型の天井、薄青の壁に彫り込まれた白いレリーフ、象牙《ぞうげ》色の縁取りに金糸《きんし》の入った布張りの椅子《いす》。テーブルは真っ白で、上には銀のティーセット。

田舎領主の屋敷などではない。

どう見ても、大貴族の館。いいえ、王宮のようにさえ見えた。

「いかがです？」

私の横に座っていた男性が訊いた。

淡い栗色の髪をきっちりと撫でつけた、テリーさんよりも高級な役人風の、いいえ、高級官僚風な男性だ。

彼が問いかけたのは私にではなかった。

私の正面に座る、絶対に彼等の一番上にいるであろう人物に向けてのものだった。

「悪くない。テリーは見る目がある」

長い足を投げ出し、肘掛けに肘をついて崩れた感じに椅子に座っているのは、黒い髪に青い瞳の、美しい男性だった。

格が違う、他の人とは。

それがすぐにわかった。

「結構。それでしたら彼女にしましょう。何人も面接するわけにはまいりませんから、一発で決めていただいてようございました」

面接、という言葉に少し安堵する。

どうやら本当に仕事で呼ばれたらしいわ、と。

「誰でも我慢するさ。どうせ見せかけだ」

「そうは申しましても、陛下のお気に召すかどうかは大事な問題です」

へ…いか？

陛下と言った？

「アレーナ殿。あなたは今からここで働いていただきます」

「ち…、ちょっと待ってください。あの、今…」

私の視線が男の人に向くと、彼は小さく頷いた。

「私はユリウス・ゼーレン。この方はエステアの国王陛下、エルロンド様です」

エステア？

南の国だわ。

では私は国境を超えて運ばれてきたというの？

「あ…、あの…。私は陛下のお子様の家庭教師を…？」

「私は結婚などしていない。いや、これからせねばならんのか」

私の言葉を受けて、エルロンド陛下はにやにやと笑った。

「私の説明の前に不用意な発言は避けてください」

「どのみちわかることだ、ユリウス。説明したいのならさっさとしろ。女が困惑している」

目眩が…した。

「わかりました。アレーナ殿」

頭がクラクラして、上手く息ができなかった。

「あなたにはこの王宮で働いていただきます。家庭教師、とおっしゃいましたが、テリーにそう言われたのですか？」

「はい…」

「ではそれは間違いです」

「間違い…？」

「あなたには、こちらのエルロンド陛下の奥方になっていただきます」

「そんな…！　だって王族の結婚相手がこんな人さらいのようなもので決まるわけが…！」

ユリウスはジロリと私を睨《にら》んだ。

「人さらいとは人聞きの悪い。説明し、同行していただいたのでは？」

「でも家庭教師と…」

「ほんの少し齟齬《そご》があっただけです」

ほんの少し？

極めて大きな、だわ。

「それに、確かにあなたがおっしゃる通り、どこの馬の骨ともわからぬ女性を王妃にするわけがありません。つまりあなたには『王妃のふり』をしていただきたいのです」

「王妃の…ふり…」

「陛下は国王に即位したばかりで、国内の情勢は安定しているとは言い難い。ですが王妃は必要なのです」

「どうしてですか？」

「王位に就いたばかりの王に、自分の娘を嫁がせたいという王侯《おうこう》貴族が多いからです。だが今ヘタに誰か貴族の娘を選べばそれが権力争いに直結する。ですから、王妃の座を先に埋めておかなくてはならないのです」

エステアは、未だ混迷《こんめい》の中にあるというのは聞いていた。

王族の結婚が姻戚《いんせき》を結ぶ手段だということもわかるし、選んだ相手が自分の敵か味方かが大きな問題になるのもわかる。

わかるけれど…。

「でもそれならば、国内からお選びになれば…。私はエステアの者ではありません」

「その方がよろしいのです。あなたの素性を知る者はこの国にはいない。だからこそ、偽者とはわからない」

「お前は、今日から私の妻になるのだ、アレーナ。光栄だろう？」

エルロンドはにやにやと笑いながら言った。

「後宮に部屋を与えられ、侍女にかしずかれ、綺麗なドレスを着て、上手いものが食える。家庭教師よりずっといい暮らしだ」

その笑みは、王者のというより、肉食獣のそれだった。

「私に断る権利は……」

「お前はバカか？　ここまで大事な話をしたのだ、帰せるわけがないだろう。断るなら死、あるのみだ」

「そんな……！」

「陛下、からかわれては困ります」

「だが帰せないのは事実だろう？」

ユリウスは否定してくれなかった。

では本当に引き受けなければ殺されるの？

「あなたには、たっぷりのお給金を払いましょう。国内が安定するか、身元のしっかりとした王妃に相応しい女性が現れるまでの、期間限定です。一生というわけではありません」

「その期間が終わったら、私は……」

「口封じのために殺す」

「陛下！　そんなことはしませんよ。口止め料を含めた大金を手に、田舎へ戻れます」

「本当に？　本当に生きて帰していただけますね？」

「本当です。陛下、お約束を」

ユリウスに言われ、エルロンドは立ち上がった。

すらりとした均整の取れた身体。

しなやかな動き。

彼はテーブルを回って私に近づくと、その手を伸ばして私の顎《あご》を取った。

「エステアが王、エルロンドの名にかけて誓ってやろう。お前が無事に務めを果たしたら、お前を生家へ戻してやる」

凛《りん》とした声。

さっきまでのにやにやとした笑いも消えていた。

王が王の名をもってするということを別にしても、彼のこの誓いは本物だと信じられた。

「生きて、ですね？」

「肝《きも》の据《す》わった女だな。ここで私に言質《げんち》を取るか」

「大切なことですから」

「よかろう。『生きて』だ」

自分の身分を明かせば、逃げることはできるだろう。

でもそんなことはできない。

それ以外に、ここから逃れる術《すべ》もない。

私に選択肢はなかった。

「わかりました…。ではお引き受けいたします。ただ条件が一つだけございます」

「条件？」

エルロンドは身体を寄せるように私の隣に座った。

「言ってみろ」

ただ居るだけなのに、威圧感がある。

青い目は、深い光を湛《たた》え、臆《おく》することなど一つもないという色だ。

彼は、『王』なのだわ。

「私も国元へ戻ればいつか結婚するかもしれません。そのお相手がこの王宮に出入りするかもしれません。ですから、私の顔を隠していただきたいのです」

「お前は平民だろう？」

「それでも、運命はわかりませんわ」

からかわれて睨みつけると、彼は嬉しそうに笑った。

その表情が、一瞬ドキリとさせた。

「よかろう。私以外王妃の顔を見ることを許さない、というのも一興《いっきょう》だ。その条件は飲んでやる。他にはないな？」

何かもっと言うべきなのかもしれないが、思い浮かばなかった。

「では…、思いついたらお願いする、ということでもよろしいですか？」

「聞いてやるかどうかは別だが、許そう」

結婚が嫌で、自分の城から逃げた私だった。

なのに、他人の城で偽りの結婚をしなくてはならない。

何という滑稽《こっけい》な運命だろう。

「それではアレーナ殿、あなたのお部屋へ案内いたしましょう」

本当に、泣きたいくらい滑稽で、愚かな運命だった。


エルロンドとの顔合わせが終わると、ユリウスは王宮の奥へと私を連れて行った。

大きな城。

うちの城と比べても、遜色《そんしょく》のない大きさだった。

けれどその調度品はぐっと少ない。

先王は派手好きだったのだから、もっと色々な美術品などが飾られているかと思っていたのに。

エステアはまだ小さな内乱が続いているとも聞く。もしかしたら、そのために使っているのか、それともわけのわからない女の前には貴重な品を出さないと決めているのか…。

とにかく、少し殺風景な城の中を、誰ともすれ違うことなく奥まで行くと、彼は一つの扉を開けた。

　アイボリーを基調にしたやわらかい色彩の部屋。

　そこには黒髪の、目のくりっとした可愛らしい女性がいた。

「妹のサラです。サラには侍女としてあなたの身の回り世話をさせます。話し相手も務めるので、コンパニオンと思ってください。私は職務に戻りますので、詳しいことは全て彼女に尋ねるように」

「え…？」

　丸投げ？

「サラ、頼んだぞ」

「はい、お兄様」

　それだけ言うと、ユリウスは私をそこに置いてすぐに出て行ってしまった。

　偽の花嫁になる、それしか聞いていないのに。一体私に何をしろというの？

　呆然《ぼうぜん》としていると、サラが近づいてきてにっこりと笑った。

「初めまして。お名前は？」

「え？　メ…、あ…、アレーナです」

「アレーナ様。私はサラです」

「サラ…様」

「サラで結構ですわ。アレーナ様は王妃様なのですから」

「…サラは事情を知っているの？」

恐る恐る尋ねると、彼女はまたにっこりと笑った。

「はい」

ということは、彼女にとって私はただの平民の娘であるはずなのに、そんな態度は微塵《みじん》も見せない。

いい方なのだわ。

「…座って、いいかしら？」

「どうぞ」

私は近くにあった花柄の椅子に腰を下ろした。

揺れていない椅子に座ると、ほっと人心地がつく。

「あの…。あなたもどうぞ」

「とんでもございません。王妃様の前で侍女が着座するなんて」

「お願い。今だけは隣に座っていただけない？　まだ混乱して…」

さもありなん、という顔で頷くと、彼女は「それでは内緒ですよ」と言って私の隣に腰を下ろした。

彼女は味方だわ。

味方だと思うことにしよう。これからここで何をするかはわからないけれど、とにかく誰も味方がいないなんて大変過ぎるもの。

「私、家庭教師をするからと言って連れてこられたの」

「まあ、そうでしたの。どうりでお言葉も振る舞いもしっかりなさって。私、兄から平民のお嬢さんを連れてくるから、行儀作法から何から全てを教えるように言われていたんですのよ」

「いいえ、そういうのは大丈夫。ええと…、貴族の屋敷で働いていたことがあるので、大抵のことはわかります」

「そうですか。それはよかった」

「それで…。私はここで何をすればよろしいの？　偽の王妃が必要な理由は少し説明を受けたけれど、あまりに荒唐《こうとう》無稽《むけい》でなくて？　それに、いつまでやっていればいいの？」

「アレーナ様、こちらで王妃になっていただきます。どうして王妃が必要かというと、…兄から聞いたと思いますが、王妃の座が空いていると周囲の貴族がうるさいからですわ」

私が平民の娘だから、彼女は気取らぬ様子で喋《しゃべ》り始めた。

「この国はエルロンド様が王位に就いても尚、権力争いが続いております」

その説明ならさっき聞いたので、話をはしょるために自分から言葉を引き取る。

「敵か味方かわからない娘を王妃にするわけにはいかない、とは聞いたわ。それなら王妃は落ち着くまで娶《めと》らないと言えばいいのではなくて？」

「周囲の者がそれを許さないのです。敵にしろ味方にしろ、王の傍らに自分の手駒を置けるチャンスですもの。空いていれば座りたくなる、けれど埋まっていれば文句も言えない、とは兄の言ですけれど」

「でもそれならば信頼のおける貴族のお嬢さんと婚約だけでも…」

「後で政略的な結婚を考えることもありますし、貴族のお嬢さんでは、破談になった時にお相手の方に傷がつきますわ」

「だから、どこの誰だかわからない娘にして、別れても傷がつかないようにするのね？」

「そうです。多分アレーナ様はお亡くなりになるのかと…」

「ええ…っ！」

「あ、いいえ。本当にではなく、表向きです。もちろん、仕事が終われば自由になれますわ」

本当だろうか？

王家の秘密を握った平民の娘を、口封じのために殺《あや》める、というのは考えられないことではない。

「その点だけは、私も兄にお願いしてありますから、大丈夫です。そのためにも、貴族の娘ではだめなのです。失礼な言い方かもしれませんが、平民の娘が『私は王妃だった』と言っても誰も取り合いませんでしょう？」

なるほど。

貴族の娘ではそれを盾に本当の結婚を迫るかもしれないけれど、平民の娘なら簡単に反故《ほご》にできるというわけね。

「こちらでアレーナ様が何をなさるかと言えば、王の公式行事に付き従っていただきます」

「公式行事？」

「主に謁見《えっけん》の席で隣に座っていただく、ということですね。パーティにも参列していただきます。ダンスは陛下が踊りたくないとおっしゃれば踊らずに済むと思います」

「話しかけられたら？」

「他の殿方と喋らせたくないとおっしゃれば」

「女性は？」

「私がお相手いたします」

ユリウスは宰相。その妹御であるサラ様が間に入ってお断りするのならば、文句を言える者は少ないだろう。

「何でしたら、病弱、ということになさっても」

「…それはいい考えだわ」

「最後に、いつお戻りになれるか、というご質問でしたが…。それはお互いに早くその日が来ることを祈りましょう」

つまり、はっきりしないというわけね。

でも、よかった。

私はなるべく人前に見せたくない、彼等も偽物を表に出したくない。お互いの利害が噛み合っているようだわ。

「本日は私だけですが、明日からは他の者達も出入りするようになります。わからないことがありましたら、まず私におっしゃってください。私以外の者はアレーナ様の正体を知りませんので」

「私の身分はその者達には何と？」

「地方貴族の娘だけれど、権力争いにご実家を巻き込みたくないという陛下のご配慮でお家のことは伏せてある、と」

完璧ね。

彼等の過ちは、その偽物に、私という本物を連れてきたことだけだわ。

「それでは、お部屋のご案内をいたします。こちらは来客との謁見用のお部屋で、恐らくあまり使われることもないでしょう」

来客と私を会わせることはない、ということね。

サラは立ち上がり、私を先導した。

部屋の奥にある扉を開けると、白い薔薇の意匠の広い部屋に続く。

「まあ、綺麗」

「前王妃様、陛下のお母様のお使いになられていたお部屋です」

「趣味がいいわ」

「ええ、こちらは」

ポツリと彼女が零した一言は、他に趣味が悪い部屋がある、ということだろう。

先王は妾妃を囲っていて、そちらの部屋は趣味がよくない、といったところか。

「こちらは居室です。他の侍女達も出入りします。それからこちらが衣装部屋、それからこちらは食事の間」

私の部屋も広いが、お母様やお姉様達に比べると劣っていた。

五番目の末姫だから当然なのだが、ここでは私はお母様と同じ扱いを受けるのね。

「それからこちらが寝室となります」

次々と部屋を抜けてゆくと、最後に大きな寝台のある部屋にたどり着いた。

レースの天蓋《てんがい》のついた白いベッド。タフタのリボンがそれを纏《まと》め、薔薇の描かれた布団と、幾つもの枕が見える。

足台は絹張りで、全てが統一され、洗練されている。

手で押すと、感触はふかふかとして心地よかった。

昨夜の安宿《やすやど》とは段違いだ。

「今夜はここで休んでもいいのかしら?」

「もちろんです」

嬉しい。

今夜はぐっすり眠れそうだわ。

「あちらの扉は何？」

けれどいい気になって、一際《ひときわ》豪華な扉について尋ねると、昂揚しかけていた気分は急に萎《しぼ》んでしまった。

「あちらは陛下の寝室に続く扉でございます」

忘れていた。

ここは王妃の部屋。

つまり、ここは夫婦の寝室になるのだ。

いいえ、でも今『陛下の寝室』と言ったわ。ということは、二人の寝室は別々ということなのでは？

不安げにサラを見ると、彼女は少しこわばった笑みを浮かべた。

「お芝居ですから、あちらが開くことはないと思います」

『思います』という曖昧《あいまい》な言葉と上手く笑えなかった彼女の表情に不安が増す。

「私は…、雇われているだけよね？」

「さようでございます」

「ではお相手はしなくてもよろしいわよね？」

「……もちろんでございます」

何故そこで間を置くの。

「陛下はまだまだお忙しい身ですから」

「本当のことを言って。私はサラを信用するから」

彼女の手を握って問いかける、サラはほうっとため息をついた。

「陛下はその…、奔放な方でいらっしゃるので…。ですが、兄にはよく言っておきましたし、兄もそのようなことは望んでおりません」

それはそうでしょう。

内乱がどうのこうのと言っているこの時期に、どこの馬の骨ともわからぬ娘が国母になる可能性など宰相としては阻止したいでしょう。

「ではお兄様によく、よく、言っておいてくださいませ」

「かしこまりました。…でも、陛下のお手が付けば、王妃とはいかなくても妾妃にはなれるかもしれませんわよ？」

「冗談じゃないわ！」

ローウェルの王女が他国の妾妃だなんて、あり得ないわ！　望む者の身分は問わないけれど、私が正式な妻ではないなんて。

「ようございましたわ」

私の怒りを見て、サラは安堵の表情を浮かべた。

「どのような方がいらっしゃるのかわからなくて心配しておりましたの。その…、お誘いした時には清廉《せいれん》に見えても、国王の側に上がる機会を得たら、欲が出るのではないかと」

「はっきり言っておくわ、サラ。私は愛のない殿方を相手にするような人間ではありません。陛下が不埒《ふらち》な真似をなさったら、不敬罪で捕まろうとも、抵抗します」

「心得ました。では、今日のところは湯浴《ゆあ》みをなさってごゆっくりお休みください。夜着もこちらで用意しておりますし、今夜は私が隣に控えておりますから」

前途多難。

考えなければならないことはやまほどあるけれど、今はとにかく身体を休めたかった。

彼女が隣にいてくれるなら、さすがに今夜は無事だろう。

「…ではお言葉に甘えさせていただきます」


その夜、深い眠りの中で夢を見た。

クロウリー兄様の夢だ。

『お前はどうも向こう見ずでいけない。何でも自分でできると思っているようだが、現実はそんなに甘くはないのだぞ』

と、温和な兄様にしては珍しい強い口調で叱《しか》られる夢だった。

もちろん理由はわかっている。

私自身が、今回のことを反省していたからだ。

自分ならきっと上手くやれる。そう信じて城を飛び出したけれど、騙されるようにして他国の城へ軟禁され、偽の王妃などをやらされることになったのを。

けれど、目覚めるとそのことについてはもう考えないことにしようと決めた。

何をどう悔やんでも、城は出てしまったし、私はここにいるのだから。

今日から私はお芝居をしなくてはならない。しかも、絶対にバレてはいけない芝居だ。

偽の王妃ということ以上に、私がローウェルの姫であることを悟られるわけにはいかないからだ。

「おはようございます、アレーナ様。本日からお側に仕えさせていただきますジョアンです」

「ユーアです」

朝の光の中、サラが来る前に昨日顔を合わせなかった侍女が二人、ベッドの傍らで私を迎えた。

「おはよう」

彼女達は私が偽物であることを知らない人達ね。

では、私は『王妃』然としなくては。

「着替えを手伝ってくださる？　髪を結《ゆ》ってくださるのはどちら？」

「私が」

ジョアンと名乗った私よりもずっと年上の侍女が一歩前へ出る。

「ではお願いするわ」

「ドレスはどちらにいたしますか？」

「昨夜こちらに移ったばかりでまだよく見ていないの。でも、目の色に合わせたいから緑がいいわ。髪飾りも合わせて」

「かしこまりました」

この辺りはいつものことなので、問題はない。

どうやら彼女達は生粋《きっすい》の、という言い方はおかしいけれど、サラのように頼まれて入った貴族の娘ではなく普通の侍女のようで、仕事が早かった。

ドレスを選び、着替えを手伝い、髪を結ってくれる作業も手慣れている。

「ティアラにチュールレースをつけて。陛下以外の方に顔を見せるなと言われているの」

「かしこまりました」

普通ではない注文にも、動揺せずに応えてくれる。

細いティアラに鼻まで隠れる白いレースをつけ、それを髪に載せたところでサラがやってきた。

「おはようございます」

彼女は黒い髪をおとなしく結って、地味な紺のドレスを着ていた。

「おはよう」

宰相の妹ならばもっと着飾ってよいはずなのに、仕える王妃に気を遣っているのね。…偽物なのに。

「昨夜はよくお休みになれましたか？」

「ええ、ぐっすり。陛下は？」

「ご公務に出ておいでです。昼食はご一緒にと」

「わかりました。ではそれまで、読書でもさせていただくわ」

「どのような本を？」

「エステアの歴史の本がいいわ。陛下とお話ができるように」

昨夜の彼を思い出すと、何も知らなければバカにされるのではないかと危惧《きぐ》したからだが、サラは「よいことでございます」と微笑んだ。

着替えて着いた朝食の席は、サラと私だけのものだった。

ユリウスがサラをコンパニオンと呼んだように、彼女は私の相談役としているようだ。そういえば、お母様の側にもサグナ伯爵夫人が付いていらっしゃったわね。

「サラも、何かすることがあるのなら好きにしてよろしいのよ。今日はずっと本を読んでいるつもりだから」

「いいえ、アレーナ様のお側にいるのが私の仕事ですから」

「そう。では色々質問させていただくわ」

食事を終えると、そんなわけで午前中はずっと読書というか勉強の時間だった。

エステアの状況については学んでいたけれど、知らねばならないほどのものではなかったので細かい事情まではわからなかった。

けれど、王妃という立場になれば、話は別。

特に、王に自分の娘を嫁がせたかった者達にとって、私は邪魔者。王の敵が私の敵にもなり得る。

後宮にいる限り直接的な攻撃を受けることはないだろうけれど、人の集まる場所で何かされるかもしれない。

そして、親の思惑とは関係なく本人が王の妻の座を狙っているお嬢さん達にも注意が必要だろう。

「一番怪しいのはグレイ侯ですわね。先王の時代から、ご自分のお嬢さんを陛下に売りこんでましたし、立場も微妙です。それからエンディス公。公は親王《しんのう》派ですが、それだけにお嬢さんを王家に入れたいと思っています。ですが、反対勢力と問題を起こしてばかりなので、兄は陛下から遠ざけたいと思っているようです」

「サラは？　陛下をお慕いしたりはしていないの？」

私の質問に、彼女は笑った。

「私は既に婚約が整っておりますの」

「まあ、それは…。政略結婚なの？」

彼女に地位があるのなら、望まない結婚もあるだろう。

けれど、彼女は少し恥ずかしそうに頬を染めた。

「いいえ。幼なじみですわ」

「では好きな方との結婚なのね。羨ましいわ。私なんか…」

国のために老人と、と言いかけて口を噤《つぐ》んだ。

「そうですわね。お芝居で、が最初の結婚なんて、女性としてはショックですわよね」

「…ええ、ええ。そうなの」

危ない、危ない。

陛下に想いを寄せている女性の名前も聞いて、その対処方法を聞いて、午前中は終わり。

いよいよ昼食となり、事情を知らない人々の前であの王様と同席する時間だ。

気を張って昼食の席へ向かったのだが…、陛下は現れなかった。

「午前の公務が長引きまして、昼食はお一人で、とのことでございます」

ほっとしたというか、気が抜けたというか。

「そう。お仕事も大切だけれど、お身体に気を付けるように言ってくださいね」

伝言を伝えに来た従者にそう伝え、一人での食事だった。

でもこのことで、エルロンドに対する態度の示し方が少し見えた気がした。

兄様だと思えばいいのだわ。

王位継承者であるクロウリー兄様とは、妹である私も一線を画《かく》した接し方をしていた。私的には甘えることもできたけれど、公的には一歩下がってしか親愛の情を示すことは許されなかった。

それと同じにすればよいのだわ。

昼食に姿を見せなかったエルロンドとは、当然午後も顔を合わせない。

これは案外楽な仕事かもしれないと思ったが、それは間違いだった。

「陛下のおなりです」

夕食も一人で済ませ、部屋に戻ると、突然彼が私の部屋を訪れたのだ。

「アレーナ」

芝居とはわかっていても、初対面の時に見せた攻撃的な顔が、嬉しそうな笑顔を向けてくるとドキリとする。

こんな顔もできるのね、と。

「お前達はさがっていろ」

という言葉で、彼の背後に付き従っていた侍女達が下がってゆく。

彼女達が消えた途端、彼の顔から笑顔も消えた。

「もう少し嬉しそうな顔をするとか、駆け寄ってくるぐらいの頭はないのか？」

偉そうに。

…いえ、実際王様だから偉いのだけれど。

「気が付きませんで…」

手で、立てと示され立ち上がると、私が座っていた長椅子に横たわるようにして座る。疲れているからかもしれないが、一人占めしたかったとしか見えない態度に少しムッとする。

いいえ、怒ってはだめ。

兄様と同じように扱うと決めたじゃない。

もしこれが兄様だったら…。

「お務め、大変でした？　お茶など頼みましょうか？」

これぐらいは言うわね。

兄様なら『ありがとう、頼むよ』と微笑んでくれるのだが、この男は違った。

「お前はバカか？　それとも私とイチャつきたいのか？」

「…はあ？」

「観客を呼べば芝居をしなければならないだろう。侍女達に私達の親密ぶりを見せるのはいいが、お前はそうしたいのか？」

そうだったわ。

「私は構わないがな」

彼はにやりと笑うと、傍らに立っていた私の手を取って引き寄せた。

強い力に、どさりと彼の上に倒れ込む。

「だが、私から今与えられている以上の何かを引き出せるとは思わないことだ。与えられても食い散らかすだけだぞ」

近づく顔を、グイッと押し戻す。

「失念しておりましたわ。申し訳ございません」

逃げようとする私の腰に彼の手が回る。

「離して！」

慌てて叫ぶと、彼は笑い出した。

「お前、まだ男に惚れたことがないのか？」

「何をおっしゃってるんです」

「こういう時はしなだれかかるものだろう」

「好きでもない人にしなだれかかるほど破廉恥《はれんち》な女ではありません」

腰に回った手を解こうと手をかけたが、ビクともしない。

「ふふん」

鼻先で笑われた。

一刻の王女が男にしなだれかかる術など知るわけがないでしょう。…と、言えないのが腹立たしい。

「平民の女が家庭教師をできるくらい勉強するには相当の努力がいっただろう。勉強にかまけて男と付き合ったことがない、と言ったところか？」

「…ご想像にお任せいたします」

「では想像してやろう」

彼はまたにやりと笑って、私の耳元に唇を寄せた。

低い声が鼓膜を震わす。

「地方の金持ちの娘が上流階級との繋がりを得るために学び、貴族の家へ出向いて良縁探し、といったところか？」

「違います」

回された腕の熱が伝わる。

男の人に腕を回されるなんて、初めてだった。ダンスで手を取ることはあっても、こんなふ

うに密着されるなんて。

「ふむ、そうだな。もしそうなら今私に媚《こび》を売るぐらいするだろう。ではせっかく学問をおさめたのに親に結婚しろと言われ、決められた許婚《いいなずけ》が気に入らなくて実家に戻りたくないと逃げだした、とか？」

「う…」

「今度は当たったようだな」

当たっていた。

「違います。私はただ働きたかっただけです。あなたの家臣に騙されなければ、ちゃんと働いてました」

だが認めたくはなかった。こんな男に言い当てられるなんて。

「男と付き合ったこともないのだろう？　もう少し媚を売るということを勉強するんだな」

「そんなもの」

「必要だろう？　お前は私の妻なのだから」

「なりたくてなったわけじゃありません」

ふいっと横を向くと、彼の手が私の頬を掴み、無理やり顔を向けさせられた。

「望んではいなくとも、お前はこの仕事を引き受けた。受けた仕事は完璧にこなせ。『仕事』とはやりたいことや楽しいことばかりではないのだ」

そう言った彼の顔が驚くほど真剣だったので、少し気圧《けお》される。

「私だって、お前を選んで連れてきたわけではない。成り行きはお互い様だ。だが幸いなことに、お前は美しい。目元を隠しても、余人もその美しさを疑うことはないだろう。同じように、私もブ男ではない。その点にはお互い感謝だな」

「…顔がよければ全てが許されるわけではありません」

「いかにも。だからお前はもっと私に微笑み、身体を寄せ、甘い言葉を囁《ささや》く練習をしろ。仕事をろくにしない女は、抱くに値しない。見た目が悪くなくてもな」

彼は言葉を実践するように、私をポイッと放り出した。

「夜は必ずこの部屋に来る。だが私の手を期待するな、ここは私の寝室への通路でしかない。足を止めさせたかったら努力しろ」

「では努力などしません。あなたの足など止めたくありませんから」

「では言い直そう。努力が見られなければ、お前は妻ではなく婢女だ。お前の尊厳に敬意を払う必要もない」

…悔しい。

何をどう言っても、さっき抱き寄せられてから、私は彼が怖かった。

男の人の力があんなに強いなんて、思ってもいなかった。私の回りで、あんな乱暴を働く人はいなかったから。

あの力で強引に出られたら、私の抵抗など無意味だろう。

「…では努力しますわ」

だから、彼の言葉に従うしかないのだ。たとえどんなに彼に負けることが悔しくても。

「よろしい。では行こうか、アレーナ」

彼は身体を起こすと、今度は紳士然として私の手を取った。

「お互いの寝室へ」

その顔に、厭味ったらしいほどの優しげな微笑みを見せて。


彼の妻だなんて、偽りでも嫌だった。

あんな傍若無人《ぼうじゃくぶじん》で横暴な男なんて、好きになれない。

私の憧れはクロウリー兄様のように、穏やかで勤勉で、女性に優しく接してくれる殿方だ。

でも、これが仕事ならば、『嫌い』を理由にサボることはできなかった。

私は自分に出来ることがあると示したくて城を出たのだもの。好き嫌いで与えられた仕事を放棄《ほうき》するなんてワガママは言いたくなかった。

なので、不本意ながら、私は一先《ひとま》ず自分の感情にフタをして、彼のよき妻、よき王妃になれるように努力した。

王妃としての仕事は、まず人の顔と名前を覚えること。

従者や侍女達は、自分に付いている者以外覚える必要はないが、パーティで顔を合わせる可能性がある貴族達は、本人はもちろん、奥方やその子供までちゃんと把握しておかないと。

お妃様は私達を軽んじてる、などと思われては大変だ。

反対に、普段接触のない人間を名前で呼べば、私のようなものまで気に掛けてくださっていると感激もされる。

師匠は、お母様だった。

王であるお父様は気軽に声をかけられないし、お父様自身からも声をかけることがない。なので、人々は自然お母様に集まった。

お母様は政治のことには疎《うと》かったけれど、人の名前を間違えることはなかった。

相手が話したどんなつまらないことも覚えていて、いつでもそのことを自分の引き出しから取り出して会話に加えることができた。

この間生まれた子馬の様子はどうですか？　領地で行っていた橋の工事は終わりました？

新しいドレスをお作りになったと聞きましたが、そちらがそうですのね。

お母様の言葉に、貴族達は一喜一憂していた。

平民の娘がそこまで完璧にやってしまってはおかしいけれど、それに近い形を目指そうと思った。

もっとも、意気込んではみたものの、私がすぐに公式の場に連れ出されることはなく、最初はサラと一緒に庭を歩くだけ。

それでも、庭の周囲には『王が王妃となる娘を連れてきた』ということで、一目私を見ようとする貴族の子女達がうろついていた。

内庭を歩いていても、建物の中からこちらを見ている視線を感じる。

サラが合格を出したのか、すぐに表の庭を散歩するようになると、声を掛けてくる強者《つわもの》も現れた。

「ごきげんよう、サラ様。そちらはどなた？」

「アレーナ様ですわ。奥のお部屋を賜《たまわ》っておられる方です」

まだ公式に『王妃』と名乗っていないからか、彼女はそんな言い方をした。

それは妾妃に向けられる言葉のように気に入らなかったが、まだここでは我慢だ。

「ごきげんよう、アレーナ様」

探るような視線に、私はにっこりと微笑んだ。

「ごきげんよう、イデリア侯爵夫人」

彼女はまだ名乗ってもいない自分の名前を口にした私に驚いた顔を見せた。

「私をご存じなの？　どちらかでお会いしたかしら？」

そして警戒。

「いいえ、お目にかかるのは初めてですわ。ですが、サラから、口元のホクロがとても魅力的なご婦人がいらっしゃると伺ってましたので。間違えてしまいましたかしら？」

「いいえ。嫌だわ、サラ様ったら、私のことを噂なさるなんて」

けれど、悪い気はしないだろう。自分の容姿を褒められた上に、『王妃になるかも』と噂されている女性に名前を覚えられていたのだから。

そして彼女と言葉を交わしていると、他の方達もおずおずと近づいてきた。

主に話しかけられるのは、サラ。それに合いの手を入れるように言葉を挟む。

意地悪な質問もあった。

「どちらのご出身？」

「乗馬はできて？」

「キリアルの詩はご存じ？」

「香水は何をお使い？」

素の私なら何でもない答え。

その上、今回はサラが予測してちゃんと想定問答集を作ってくれているのだ。

「出身は秘密ですの。陛下のご命令で」

「馬はたしなむ程度です」

「キリアルの詩は『つばめ』が好きですわね。でも、テニアルの詩も躍動的で好きですわ」

「香水は特には決めておりませんわ。陛下のお好みのものを使うだけで」

私が、というよりこのことに関してはサラの有能さが功を奏した。

そして次には選ばれた女性達との茶会。

取り敢えず『敵』と思われる方々を排除して、軽い会話をたしなむ。

優雅に微笑むだけ、と思っていたお母様の仕事の大切さを学ぶにはいい機会だった。

あまり喋らず、人の言葉を聞き漏らさず、お淑《しと》やかに微笑み続ける。自分は普通の娘を演じているのだから、知識はひけらかさず、自分から何かが出来るとは言い出さない。そのことも、控えめな女性という印象を与えるにはよかったようだ。

もしかしたらお母様も、実際は色々なことがおできになるのかもしれない。

それに、このお茶会では、自分の知らないことを耳にすることもできた。

エルロンドのことだ。

彼女達が親王派だからということもあるけれど、エルロンドの仕事について詳しく語ってくれた。

「国境での諍《いさか》いもあるらしいので、忙しいのですわ」

「ローウェルは大国で、横柄《おうへい》なところもありますし、カリアはローウェルにべったり。我が国の情勢を見て、もしかしたらローウェルが攻めてくるかと気が抜けないのですよ」

「小さな内乱もあるようですし、先王の恩恵《おんけい》を受けた役人を排除したりと、大変なのです。ご存じないのですか？」

チクリとした厭味は言われたけれど、彼が意外にも真面目に働く人だと教えられた。

エルロンドは、毎晩私の部屋を通過して自分の寝室へ向かっていたけれど、それはきっと仕事で疲れているからなのね。

芝居以外は声をかけるどころか、視線を合わせることもしない態度に少し腹を立てていたことを反省した。

でも、我が国が侵略を企てているというのは噂に過ぎないと否定したくて、我慢するのに苦労した。

ここまでの試験をクリアすると、私はサラと一緒にユリウスに呼び出された。

「満足のできる出来です」

宰相の執務室。

そこにエルロンドはいなかった。

「さすがは我が妹、よく躾《しつ》けてくれた」

…躾けだなんて、私は犬や馬じゃないのに。

「いいえ、アレーナ様の資質でございます。大変教養に溢れ、マナーも完璧でした」

当然よ。

でも兄の方はそのままには取らず、妹の謙遜《けんそん》と受け取ったようだった。

「これなら、公式のパーティに出しても大丈夫だろう。アレーナ殿、あなたの舞台が整いました。陛下の伯母上の誕生パーティです。陛下の伯母上であるナスタス公爵夫人は、今まで何度となく見合いの話を持ち込んできた世話好きの婦人です。どうか、そのいらぬ世話を撃破してください」

それはこの仕事を与えられて初めての、大舞台になりそうだった。


淡いグリーンドレスは、レースをたっぷりと使った美しいものだった。

ここへ来た時に、当然ながら私は自分のドレスなど持っていなかったので、用意されていたのはエルロンドのお母様のドレスを直したものが殆どだった。後はサラが用意したベーシックなものばかり。

でもこのドレスは、仮縫いから始めた『私のためのドレス』だった。

髪飾りも翡翠《ひすい》やエメラルドなど、私の瞳に合わせた緑のものばかり。顔を隠すレースも、今日は淡いグリーンのものになっていた。

「お前の目の色に合わせたのだ。今日の主役は伯母上だから、あまり派手ではない方がいいだろうしな」

言いながら、彼は新しいドレスに着替えた私を抱き寄せた。

「まあ、陛下。せっかくのドレスが乱れてしまいますわ」

近すぎる、と目で訴える、彼は手を緩めてくれた。

「そうだな。そのドレスを脱がす時に美しさを堪能することにしよう」

そう言う彼も、今日は白い礼服に緑のカフスとブローチを揃えていた。それに目を止めている私に気づくと、彼が優しく微笑む。

「これか？　お前を側に感じていたいからな。会場ではずっとお前の側にいることができないかも知れない。その時にはこれでも見て慰めるさ」

もしも、本当の夫婦なら、恋人なら、嬉しくて舞い上がってしまうだろう。

けれどこのセリフは私の着替えを手伝ってくれた侍女達に見せるための芝居なのだ。

「私には過ぎた装いをご用意いただいただけでも嬉しいのに、そんなお言葉までいただけると、嬉しすぎて困ってしまいますわ」

恥じらうふりをして、私は彼の手から逃れた。

芝居とわかっていても、殿方に慣れていない身としてはあまり近づかれると本当に困ってしまう。

「他の娘達のように私に媚びを売ろうとしないのが、お前のいいところだな」

この間は媚を売れと言ったくせに。

「私は、あなた以外の殿方を知りませんもの」

「それは男には嬉しい一言だ」

エルロンドは、また微笑むと私の腰を抱き寄せた。

彼は狡《ずる》い。

いつも無表情か、人をバカにしたような笑みを浮かべるばかりなのに、こんな時にだけ優しげで。

この微笑みを向けられると、この人は本当は優しい人なのでは、と誤解してしまう。

もちろん、私は騙されやしないけれど。

「それでは、そろそろお時間でございますので、私達はこれで」

侍女が下がると、彼は腕を差し出した。

肘のところに手を置いて、彼の隣に立って歩きだす。

部屋の外には、彼の護衛の衛士が立っていた。

だが外へ出掛けるわけではないし、私が一緒だから、距離を取ってついてくるだけだ。

「伯母様の誕生日のお祝いを王城でなさるなんて、仲がよろしいのね」

小声で問いかけると、彼も小声で答えた。

「伯母上は亡くなった父上のたった一人の姉だ。夫のナスタス公爵も国内でも力のある人間として皆が一目置いている」

「北の国境沿いに大きな所領をお持ちなのよね？」

二人だけの会話だから、軽い口調で言うと、彼は視線だけで私を見た。

「なるほど、サラが言っていたのは本当だったか。お前はかなり勉強したらしいな」

「少しです。仕事ですから」

褒められたのよね？

悪い気はしないわ。

二人で並んで長い廊下を進んでゆくと、先から音楽が聞こえてきた。

廊下にも衛士の姿が増え、更にその先には美しく着飾った人々の姿が見える。会場に入れなかった下級貴族だろう。

私達は彼等の元まではいかず、手前で部屋に入った。

そこから続きの部屋を通って会場である大広間へ出るのだ。

「さあ、お前の演技力を見せてみろ。上手くできたら乗馬用のドレスも新調してやる」

「乗馬用？」

「週末には狐《きつね》狩りだ。今日を上手く過ごせたら連れてってやるが、失敗したらお前は病気で欠席だ」

狩り。

まだ三度しか連れて行ってもらっていないし、狩りは得手ではないけれど、男の人達と一緒に思いきり馬を走らせるのはとても楽しかった。

「馬に乗れるのね？」

毎日気を張って他人のふりをし続けている私にとって、それはとても魅力的な響きだった。

「今日を上手く過ごせたらな」

「上手くやるわ」

「お前、馬に乗れるのか？」

「もちろん」

「田舎の出か…」

素敵。

パーティなら何度も出たわ。

主賓《しゅひん》ではなかったけれど、それは今日も同じようだし、きっと上手くできるわ。

「出るぞ」

ファンファーレが鳴り響き、音楽が止む。

呼び出しが大きな声でこう言った。

「エルロンド国王陛下、並びにアレーナ王妃様、おなり」

一瞬静まり返った会場が、『王妃』の声にざわめき出す。そのざわめきに、少しだけ足が竦《すく》んだ。

　パーティには慣れている。でもそれは私を歓迎し、称えてくれる人達しかいない場所でのこと。ここはそれとは違う。

　ざわめきがそれを教えた。

「ここにはお前の敵しかいない」

　追い打ちをかけるようなエルロンドの言葉にピリッと指先が痺《しび》れる。

「しっかりやれよ」

　でも、続いてかけられた言葉は、芝居でも厭味でもなかった。

「乗馬服をねだるんだろう？」

　私の肩を抱き寄せ、額にくれるキス。

　それは厭味のない、優しいキスだった。

　背中に回された手も、まるで私を庇うようにそっと添えてくれている。

　彼は、私を支えてくれているのだわ。

「ええ」

　そう思うと、勇気が出た。

　顔を上げ、彼の腕を取り、目映い会場へ足を踏み入れる。

　きらめくシャンデリア、飾られた花、豪華な装飾は惜し気なく空間を装う。その装いに負けぬほど着飾った人々。

大広間にいる者の視線は全て、私達に釘付けだった。

エルロンドは、広間正面の緋色の椅子に座るため、私の手を離した。

その時に、彼は気遣わしげな視線を向けてくれた。

大丈夫。

私は王女なのだもの、こんな雰囲気に呑まれたりしないわ。少なくとも、この会場にはサラがいる。彼女は私の味方。

そして今私を見てくれたエルロンドも。

私はドレスの裾を摘まむと、ゆっくりと足を運び、彼の隣に座った。

二人の着座を確かめて、楽団がまた音楽を奏でる。

驚きのざわめきは、すぐに楽しげなさざめきへと変わった。

「エルロンド」

その音楽の中、一人の女性が近づいてきた。

エルロンドに似た面差し、彼女が伯母様だと一目でわかる。

「妃を迎えたというのは本当だったのね？」

彼女は玉座に物おじもせず、彼と私の間に立った。

「ええ。美しく聡明な女性です」

彼女の視線は、にこやかに答える彼から私に向けられた。

上から下まで吟味《ぎんみ》するような視線だ。

「そうね。美しそうだわ。でもどうしてレースなどで顔を隠しているの？」

「他の男が彼女に横恋慕《よこれんぼ》しないようにですよ」

「王妃を迎えるのに、何故婚儀を行わなかったの？　どちらのお嬢さんなの？」

「彼女の親族に不幸があって、喪《も》に服しているんです。ですから式は喪が明けてからにしようかと思ってましてね。その時に彼女の全てを明かしますよ」

「式を挙げていないのに王妃を名乗らせるのはいかがなものかしら？」

「少しでも早く、彼女が私のものだと宣言したかったからです」

伯母様の質問攻めにも、彼は動じることなくすらすらと答えた。

「あなた、お名前は？」

私は立ち上がると、彼女に向かって深く腰を沈める礼を取った。

本来ならたとえ相手が王の伯母であろうと、王妃が礼を取る必要はないのだけれど、今はまだ正式ではないから礼儀を通した方がいいだろう。

「初めてお目にかかります、公爵夫人。アレーナと申します。この度は生誕のお祝いに参列できて恐悦至極でございます。まだまだ宮廷の作法も心得ておらぬ拙《つたな》い私ですが、これからご指導ご鞭撻《べんたつ》をお願いいたします」

私の挨拶に、彼女は感心した表情を見せた。

でもほんの一時だけだ。

「そう。アレーナさん。これからよろしくね」

王妃を『さん』付けで呼ぶということは、まだそれを認めていないということ。それが証拠に、彼女はまた私から視線を外し、エルロンドに向き直った。

「あなたには随分色んなお嬢さんを紹介したのだけれど、無駄だったようね」

「申し訳ありません」

「でもあなたが決めたことならきっと何を言っても揺るがないのでしょうね。残念だわ。あなたに紹介していただきたいというお嬢さん達は今も私の館に列をなしているのに」

「伯母上ならば上手く裁いてくださると信じていますよ」

穏やかな口調だけれど、そちらで処理してくださいと言っているのだ。伯母様にもそれが伝わったのだろう、少し不快そうにクンッ、と顎を突き出した。

「ええ、よろしくてよ。きっとお似合いのお二人なのでしょうから。そのレースのせいではっきりとはわかりませんけどね。ああ、陛下、レースを取れとは言いませんから、どうかお二人の間に立ち入る者がいないと示してくださいな」

「示す？」

「パートナーがいらっしゃるのだもの、踊ってくださいな。私の祝いのためにも」

エルロンドのためらいが伝わる。

「彼女はあまり身体が丈夫ではないので…」

「あら、それはいけないわ。王の跡継ぎを生むお嬢さんが健康ではないなんて、あり得ないでしょう。病弱な方は困るわ」

ハッキリした厭味に、エルロンドの表情が変わった。

「私が選べば、病弱だろうと、病人だろうと関係ないのですよ」

それまで、『甥《おい》』という立場だった彼が、『王』になる。伯母様は彼の臣下の扱いとなる。

「陛下」

けれどそれはいけないことだ。

「せっかく公爵夫人が言ってくださってるのですもの、踊りませんか？」

「アレーナ」

公爵夫人の気分を害してはいけない。それは彼に敵を作ることになる。国を安定させるためには、身内に敵を作ることは危険だ。

彼のためではなく、国の民のために、私は彼に歩み寄った。

「申し訳ございません、公爵夫人。私が朝、足を挫《くじ》いたので病弱だなどと、庇ってくださったのですわ」

「あら、足を挫いたの？」

「ええ、でも大丈夫です。もう痛みもありませんから。さ、陛下誘ってくださいませ」

彼に向かって手を差し出す。

エルロンドは険しい顔をしていたが、そのまま私の手を取った。

「お前がそういうなら」

フロアで踊っていた人々がこちらに気づき、中央に場所を空ける。

「いいのか？　皆が注目しているぞ」

「元より、広間に出てきた時から覚悟していますわ」

ゆったりとした音楽が、私達がフロアに出た途端テンポを上げる。

「ガリアードだ」

エルロンドが不快な顔を見せた。

それもそのはず。さっきまで流れていた曲ならば、二人で揺れていれば男性のリードでなんとかなるようなものだったのだが、ガリアードというダンスはテンポも動きも激しく、流すだけでは踊り切れない。

でも、私は曲調の激しいこの踊りが嫌いではなかった。

「お前が踊ると言ったのだから、最後まで踊れ。転んだら、抱き上げて回ってやる」

「組手は、高くあげましょう」

「踊れるのか？」

「ご自分で確かめて」

楽団の横には、伯母様が立っているのが見えた。

曲を変えたのは彼女ね。

彼女もまた、私を試そうというのだわ。自分が薦めるお嬢さん達を蹴ってまで選んだ娘が、王の妻に相応しいかどうか。

もし私が本当に貴族の娘ではなかったら、きっと失態をさらすことになっただろう。

意地の悪いこと。

こういうのは嫌いだわ。

私は彼の手を取ってステップを踏んだ。

ドレスの裾が綺麗に翻《ひるがえ》るようにして、軽く跳ぶ。

花のように、鳥のように。美しく踊るのは得意だわ。宮廷で私にできる数少ないことの一つ、皆の目を楽しませる役目は好きだもの。

それに、不快そうな顔をしていたエルロンドの表情が驚きから笑みに変わるのも、面白かった。

「上手いな」

「褒めていただけて嬉しいわ。あなたもまあまあね」

「どこで覚えた？」

「…貴族の館で働いたことがあるから、貴族の娘ができることはできるの」

「隠していたな」

「踊れるか、と訊かれなかっただけよ」

曲がまた少しテンポを速める。

でも私は戸惑うこともなく、踊り続けた。

まぁまぁあと言ったけれど、彼のサポートは完璧だった。

踊れる者がフロアの周囲で踊り始める。

キラキラ、キラキラ、回る度に光が目の端を通り過ぎ、色とりどりのご婦人方のドレスも壁の装飾のよう。

「いいだろう。乗馬服はお前のものだ」

彼は突然私の身体を軽々と抱え上げると、くるくると回った。

笑みが口元だけのものから満面のものへと変わり、ステップを無視して私を抱え上げる。

「…陛下！」

驚く私の頬に頬を寄せる。

「この方が楽しい」

私がボロを出す前に彼がそれを放棄したように見せてるつもりなのか、本当に楽しんでいるのか。

…もうどっちでもいいわ。

一曲終わるまで、私は彼に抱えられたままだった。

彼といて楽しい、と思えたのに、それを伝えることはできなかった。

しなかった、のではない。正直に楽しかったと言ってもよかったのだけれど、曲が終わるのを待っていたかのように、男の人達が近づいてきて彼を取り囲んでしまったから。

「陛下、おめでとうございます」

「いや、こんなに楽しそうにしてらっしゃる陛下は久々ですな。やはり王妃様がいらっしゃるというのは違いますな」

役に…、立ったのよね？

「アレーナ」

その人垣の向こうから、彼が手を差し伸べる。

近づくと、抱き寄せられ、頬にキスされた。

「サラのところへ行っていろ。あの柱のところにいる。先に下がってもいいぞ」

どうしてだろう。

「はい、陛下」

彼が勝手にキスしたことを怒るより、この楽しいという気持ちを彼と分かち合えないことが寂しかった。

エルロンドとまだそんなに時間を過ごしていないのに、優しい言葉もかけられていないのに、彼が私を庇ってくれたから、素敵に踊らせてくれたから、気持ちが揺らいでしまった。

彼もそんなに悪い人ではないわ、と。

「…単純ね、私も」

厳しい横顔を見せて男達の中に消えてゆく彼を見ながら、私はサラのいる方へ向かった。

誰に引き留められることもない。

だって、ここでは、まだ誰も私に声をかけてはくれなかったから…。

思い返してみれば、誰かに好かれたいという努力をしたことはなかった。

統治《とうち》が上手くいっていて、尊敬を集めている王の娘というのは常に愛される存在だった。

侍女も、貴族も、少なくとも私が見かけることができた民衆も、皆私の顔を見ると微笑み、声をかければ喜んでくれた。

けれど、ここでは違う。

私は疑惑と羨望《せんぼう》の対象なのだ。

彼女は何者か、王の側に置いていてもいい者か。自分よりも優れているのか、どうしてあの席を私に譲ろうとしないのか。

そんな視線ばかりだ。

もしもこれが望んで嫁いだ場所での出来事なら、愛する人が支えになってくれただろう。

けれどここにはそれもない。

「陛下は本日、視察で外泊なさるそうです」

ただサラだけは、信じていた。

「視察？」

彼女は初めて出会った時から、ただの一度も私を蔑《さげす》んだり、疑ったりする目を向けることはなかった。

むしろ、時々可哀想にという目をした。

彼女にとって私は、何も知らぬまま慣れぬ場所に連れて来られた可哀想な娘、なのだろう。

…それも事実ではあるけれど。

まだ短い時間しか過ごしていないけれど、今は友人のように接してくれている。

こうして私の部屋で二人きりで話す時には、侍女と王妃でも、宰相の妹と平民の家庭教師でもなく、親しく言葉を交わしてくれる。

「ええ、まだ国内の安定も難しいですし、大国ローウェルが侵攻して来るという噂も消えないので、国境の警備も気が抜けないのですわ」

でも彼女にも、自分の正体は言えない。

彼女はとても真面目で、正直で、兄であるユリウスに誠実なのだ。私が『実は…』と語ったら、きっとその日のうちにユリウスに私の正体が知れてしまうだろう。

「ローウェルは侵攻などして来ないわ」

けれどこれぐらいは伝えてもいいだろう。

「どうしてですの？」

「聞いた話だけれど、ローウェルは北のトールと睨み合いの最中なの。だから、今エステアをどうこうするとは思えないわ」

「トールと？」

「ええ。だから、むしろローウェルとは親しくなっておく方がいいわ。そうすればローウェルは背後を気にせずトールを警戒できるし、エルロンドはローウェルという大国の後ろ盾を得て国内を平定《へいてい》できるでしょう」

「ああ、あなたはローウェルの方だったわね。それは悪くない考えだけれど、ローウェルはエステアと同じテーブルについてくれるかしら？」

私が頼めば、とは言えなかった。

王女という立場がなければ、私など何の役にも立たない娘だもの。

「第一王子のクロウリー様は穏やかなご性格だと聞くから、王ではなく王子から攻めてはどうかしら？」

　私の提案に、彼女は苦笑した。

「そのクロウリー様に繋がる糸がないのに？」

「…そうね」

「それより、陛下からあなたの乗馬服を作るようにとおせっかっているの。昨日のダンスの御褒美ですって。本当に素敵だったわ。あんなに踊れるなんて、アレーナ様はダンスの教師だったのじゃなくて？」

「褒められて嬉しいわ。自分でも、昨日は素敵に踊れたと思うの。でも誰も何も言ってくれなかったから寂しいと思ってたのよ」

「陛下は褒めてらしたわ」

「…ダンスの出来の半分は彼の手柄だもの」

　素直になれなくて、ふいっと横を向く。

「そうね。陛下はとてもダンスがお上手だわ。大半の人は、陛下があなたを上手く踊らせたと言うでしょう。でも私もダンスは上手いの。本当に上手い人を見分けられるくらいには」

　そんな私の強がりを、彼女はやんわりと流した。

「あなたはとても不思議な人だわ。本当にあなたが王妃様なのじゃないかと錯覚してしまうぐらいに。陛下もあなたのことをとても気に入ってらっしゃるし」

「エルロンドが？」

私の寝室を通路代わりにして、言葉も殆《ほとん》ど交わさないような人が？

「ええ。私があなたのことを報告しているから、あなたがとても勉強家だということも知っているわ。それに、一度も陛下を誘惑しないことも、何かをねだることがないことも評価なさっていたわ」

「誘惑など、するはずがないでしょう。好んでここにいるわけではないのだし」

「…ごめんなさいね。これは兄の考えなの。私も最初は冗談だと思っていたから、『いい考えね』なんて言ってしまって…。あなたには本当に申し訳ないことを」

そうだったの。

てっきりあの暴君《ぼうくん》が面白半分に言い出したと思っていたけれど、宰相の方が発案者だったのね。切れ者らしいユリウスにしては奇妙な案を考えたものだわ。

「陛下もお忙しい方だけれど、兄もとても忙しいの。だから、ぽろりと漏らした言葉を肯定してあげれば喜ぶかと思って」

「サラはお兄様思いなのね」

彼女はふふっと小さく笑った。

「アレーナ様だから言うけれど、私と兄は元はさほど爵位の高い家の出ではないの。才能を買われての抜擢《ばってき》だから、兄様はいつも気を張っていたわ。今もそう。お二人とも詳しくは教えてくださらないけれど、毎日とても忙しくしてらっしゃるわ。昨日のパーティも本当はこんなことしている暇はないって零してらしたの」

「暇はないのにパーティを開いたの？」

「公爵夫人のご機嫌は取らなければならないし、新しい王になってもその隆盛《りゅうせい》は変わらないと誇示《こじ》する必要があるからよ。それでも、今度の狩りは小規模のものにするはずだったの。なのに大掛かりなものにするのはあなたのためよ」

「私？」

意外な言葉に聞き返すと、サラは悪戯っぽく笑った。

「あなたが狩りをとても喜んだので、盛大にしてあげるのですって。ね？　陛下はお気に召してらっしゃるでしょう？」

私のために狩りを盛大なものに…。

パーティの時に、私の背を支えてくれた彼の手を思い出す。私を守ろうとするかのように添えられた手を。

「だからそれに応えるためにも、素敵な乗馬服を作りましょう。もう日がないのですもの」

「サラも狩りには行くのでしょう？」

彼女は小さく首を振った。

「いいえ。私は馬はあまり得意じゃないの」

「え…？　じゃあ当日は私一人？」

サロンやパーティで向けられた、探るような視線。あれをまた受けなくてはならないのか。でもそれが私の仕事なのね。

「本当に王妃様になられる方は、皆から歓迎されるといいわね」

「ですわね。でも当分先ですわ。国内が平定してからでないと。本来なら、新しい王妃様には新しいお部屋を用意するべきだし、ドレスだって衣装部屋に入り切らないほど新調するものですのに、アレーナ様はお直しの服ばかり」

「私は気にしないわ。皆素敵だもの」

「でも皆様は覚えてらっしゃいますわ。アレーナ様を皆様の前に連れ出せないのもそのせいですわ。いずれいなくなる方にドレスを新調する必要はないだなんて」

「王様のくせにケチね」

「…いいえ、それは兄が」

「……しっかりした宰相だわ」

一瞬気まずい空気が流れる。

「ですから乗馬服はこの上なく素敵にいたしましょう。いつもグリーンばかりですから、明るいブルーに銀の縫い取りで、ブーツも革を染めて、ドレスと同じ色がよろしいですわ」

その空気を払うように、サラは語った。

「馬の鞍は前王妃のものですけど、乗ってしまえばわかりませんものね。さ、仕立て屋を呼び入れますわ」

「ええ」

彼女がとても楽しそうに語るので、私も何だか狩りの日が楽しみになってきた。

「レース付きのお帽子も新調しましょうね」

「それも青ね」

人の目よりも、馬を走らせることを考えよう、と。


その日、サラの言葉通りエルロンドは帰って来なかった。

一日だけのようなことを聞いていたけれど、その翌日も、彼は戻らなかった。

視察、と言っていたけれどそんなに忙しいのかしら？

お父様は、ご自分から視察に出ることはなかった。行くのは兄様達か、役人達だ。王自ら視察に行けば、警備などで人手もいる。だから代理を立てるのだと言っていた。

彼が出て行くのは権威の誇示なのかしら？

あんな人のことを気にしても仕方がないとも思うのに、あのダンスの時以来少し気にかかってしまう。

あの時、ほんの少しだけ彼は優しかったわ。

いえ、優しいように思えたわ。

上手くやれと元気づけてくれたみたいだし、意地の悪い伯母様から私を庇おうとしたように も思えたし、ダンスで失敗してもいいと言ってくれた。

ただ意地悪を言っただけ、伯母様が苦手だっただけ、私のことを信用してなかっただけかも しれないけれど。

でも悪い人ではない気がする。

爵位に関係なく能力でユリウスを選んだというし、何よりあのサラが彼を敬愛しているのだ から。

「サラは、女性なのにお務めを果たしているのね」

彼女が私のことを報告しているのは当然として、彼女はエルロンドから直接言葉を賜ってい る。

命令ではなく、私を気に入ったとか、狩りを盛大にやるとか。彼の素直な感情を耳にしてい る。

同席する兄に向けた言葉を漏れ聞いていたのだとしても、その席にいることを許されている ということだ。

ローウェルでは、女性は政や王の傍らで働くことは許されていなかった。役職に就けるのも、家柄が重視されている。

私も、この国でなら働くことができたかも知れない。

三日目の夜になっても、エルロンドは帰って来ず、サラと二人だけの夕食を終え、入浴を済ませると、侍女を下がらせて本を読んでいた。

薄い夜着にガウンを羽織り、用意されたお茶を口にする。

その時、乱暴にドアの開く音がした。

「誰？」

振り向くと、そこにはエルロンドが立っていた。

いつもの立派な服とは違う、黒い地味な服。よく見ると、肩が水滴でキラキラ光っているし、少し汚れているようだ。

「…雨が降ってるのですか？」

「それを寄越せ」

私の問いかけに答えず、彼は私に歩み寄ると紅茶のカップを取り上げ、一気に飲み干し、音を立ててカップをテーブル置いた。

「飲み物が欲しいのでしたら、誰かに運ばせせましょうか？」

「いらん」

どっかりと椅子に座り、乱暴にブーツを脱ぎ捨てる。そのブーツにも泥がついていた。

新しいものはいらないと言ったけれど、あの飲みっぷりではまだ喉が渇いているだろうと、ポットに残っている紅茶をカップに注いで差し出す。

彼は黙ってそれを受け取ったが、それを口にすることはなく肩を落とし、視線を床に落とし、背もたれの縁に頭を載せた。

酷く疲れているように見えた。まるで一日中馬を飛ばして来たかのように。

「視察にいらしてたんじゃないんですか？」

「どうして？」

「随分と汚れてらっしゃるし、疲れているようにも見えます」

「明日の狩りに間に合わせるために急いだからな」

「……私のため？」

もしや、と思って口にすると、彼はちらりとこちらを見た。

「盛大にしたたから、国王が欠席するわけにはいかんだけだ」

盛大にしたのは私のためなら、中止にしないようにするのも私のためということでは？

言っても認めないだろうし、自分が気を遣われてると思ってるみたいだから口にはしないけれど。

「陛下がそのようにお疲れなら、供の者もさぞお疲れでしょうね」

「供はいない」

「でも王の視察なら…」

「王の視察ではない。ちょっと遊んできただけだ」

「…お忍びでいらしたの？」

彼はそれには答えなかった。

「ドレスもいいが、ガウン姿も美しいな」

ごまかすようにそんなことを言う。

つまり、当たりだったわけね。お忍びでふらついて、慌てて戻ってきたわけだわ。

「お疲れでしたらお部屋で休まれたらいかがですか？」

「少しは妻を鑑賞してもいいだろう。何せ、どこの馬の骨ともわからぬのに王城に部屋を与え、式も挙げていないのに王妃を名乗らせるほど惚れた女だ」

からかう声も重たく、疲労を感じさせる。彼が今口にした言葉が、彼の周囲の人間達が囁いていることなのだろう。

「では愛しい妻に、何があったのか少しぐらい教えてくださったらいかが？」

「何故？」

「心配だからですわ」

「心配？　お前が？」

意外そうに言われて、ムッとする。

「心配してはいけません？」

「私の心配をして、気を引くつもりか？」

…この人は。

少しはいい人かも、と思ってあげたのに。

「あなたが誰であっても、汚れてくたびれた人を見れば心配はするものです。もしあなたが、自分が王様だから私が心配してると思ったら大きな間違いよ。私は王様なんて慣れてるもの、と言いかけてごまかした。

「…怖くないもの」

「気の強い女だ」

「とにかく、誰が見ても、あなたは汚れてくたびれた人よ。だから人として声をかけているだけ。大丈夫だと言うなら、自分のベッドまで歩いて行くことね」

「妻の部屋でくつろぐくらい、いいだろう」

距離をとっていたのに、彼の長い腕が私の手を捕らえた。

「心配する気持ちがあるなら、優しくしてくれたらどうだ？」

引っ張られたわけではないが、大きな手に掴まれて、何故か腕ではなく胸が痛む。

「お茶を淹れてさしあげたでしょう」

「他には？」

「そこで眠られるのなら、毛布ぐらいは持ってきてさしあげますわ」

「王に椅子で寝ろと？」

「お嫌でしたらご自分の寝室へどうぞ」

何かされたら、ポットを投げてやろうかとその位置を目で確かめる。

けれどその必要はないようだ。彼は手を放し、クックッと喉を鳴らして笑った。

「不思議な女だ。王を前にしてそれだけのことが言えるなんて、余程度胸があるらしい」

「度胸があってはいけませんか？」

「いや、いい。私の隣で怯《おび》えていては、私の妻にはなれん。そうやって対等な顔ができる度胸があるなら、狩りの時も上手くやれるだろう。馬も一番いいのに乗せてやろう」

「馬…」

「どうした？　今更怖じけづいたか？　乗れると言ったのは嘘だったか？」

「馬は得意です。ただ、確かローウェルのクロウリー王子も馬がお好きだという噂を耳にしたことが。レースがお好きだと」

「ほう、よく知ってるな」

まずかったかしら？

でも兄様の馬好きは国では有名だと思うから、大丈夫よね？

「…私はローウェルの出ですから」

サラもこの言葉で納得してくれていたし。

「レースを開くといえば、王子はエステアにも来るかも知れませんわね」

「ローウェルの王子を呼んでどうする？」

不思議そうに訊かれ、彼がまだサラとは会っていないのだとわかった。

戻ってから真っすぐにこの部屋へ来たのね。何だか悪い気がしないのはどうしてかしら。

「ローウェルと同盟を結べれば、という話をサラとしていたのです。今、ローウェルは北のトールと睨み合ってますから。背後を気にしなくてよくなるならと、この国との同盟に前向きになるのでは、と。けれどあなたはローウェルとは親交がないようだと聞いたので、レースへの招待ならばと思って」

一笑に付されるかと思ったが、彼は感心した顔をした。

「面白い考えだ。お前が考えたのか？　サラか？」

「二人で話し合ったのです」

自分の考えではあるけれど、ここで『私の』と言うのは、何だか自己顕示欲《けんじよく》が強いみたいではばかられた。

それに、サラと話をしている時に考えたのは事実だし。

彼は暫く黙って考えていたが、やがて何かを思いついたように立ち上がった。

「考慮しよう。参考になった」

考慮…してくれる？

「…私の意見を聞き入れてくれるのですか？」

「聞いて欲しくて言ったのだろう？」

「でも…、女の意見だから…？」

彼はそれがどうしたという顔をした。

「女でも子供でも、有益な意見は取り入れるさ。王は怖くないと豪語するのに、言葉に耳を傾けてもらえると臆病になるのか」

さっき私の腕を取った手が、軽く背を叩く。

それは、あのパーティの時の手と同じ感触だった。『大丈夫だ』というような。

「明日の狩りを楽しみにしているぞ。勇猛果敢《ゆうもうかかん》なお前の姿が見られることを、な」

この時も、彼はからかいはしたけれど、私に『何か』をしようとはしなかった。

「おやすみ。また明日」

疲れた姿を人に見せたくないのか、誰も呼ばぬまま汚れたブーツを拾い上げ、奥の寝室へと消えて行った。

あんなに疲れていて、明日狩りなどできるのかしら？

無理をして戻ったのは、やはり私のためではないのだろう。王としての務めのためなのだ。

彼は口は悪いけれど、理の通った人なのかも。そして王としての務めに真摯《しんし》な人間なのかも知れない。

この時はそう思ったのに…。

その考えは誤りだったかもしれない。

狩りは馬車で郊外の森まで向かい、そこで馬に乗り換える。

狩猟《しゅりょう》と違い、今回は狐狩り。

狩猟と狐狩りは違う。

狩猟は、いわゆる獲物を捕るための狩りで、鹿《しか》や鴨《かも》などを探し、息をひそめて獲物が射程距離に現れるのを待つ。

捕った獲物は食料とする。

けれど狐狩りは貴族の遊びのようなものだ。

獲物である狐はすばしっこく、狐を追うためには優秀な馬と、猟犬、それに乗馬と弓の腕が必要となる。

獲物を捕らえて食べることが目的なのではなく、自分の持っているそれらのものを誇示するためのものなのだ。

馬を走らせることは好きだけれど、本当は狐狩り自体はそんなに好きではなかった。追われる狐が可哀想で。

でも、そのことを兄様に言ったら、これはチャンスなのだと教えられた。

爵位が低く、領地も狭く、役職も持たない者にとって、狐狩りで勇姿を見せることは上の者の目に留まる。

金や爵位がなくても、自分には『あれ』があると自身が持てる。

狐は爵位や金や立場で捕まってくれることはない。だから純粋な力の誇示ができる。

そして優秀な猟犬や優秀な馬は、金銭や宝石に匹敵するし、乗馬や弓の腕前を披露できれば見る目も変わる。

また権力者にとっては、自分はこれほど優秀なものを揃えているという自慢にもなる。

だから狐狩りとはそういう場なのだ、と。

私は狩りの先頭には立つことはなかった。

だが、先頭の群れにはついて行った。

参加する以上、自分が『何をしているか』をちゃんとこの目で見るために。

エステアでの狐狩りも、どうやら同じ意味合いを持つようだ。

皆が集う狩り小屋では、既に男達が自分の犬や馬の自慢をしていた。

小屋とは言っても、狩りに参加しない女性達がお茶を飲んで待っている場所なので、それなりにちゃんとした東屋だ。

狩りに出て行く女性は、私の他にも数人いた。

みな若い女性で、我先にとエルロンドに声をかけるタイプ、つまり私を排除して王妃の座を狙いたいと思っている女性達だ。

だが、エルロンドはそんな彼女達を尻目に、私に近づいてきた。

「新しい乗馬服がよく似合っているぞ、アレーナ」

腰に手を回し、私を抱き寄せる。

「ありがとうございます。陛下のお慰めになれば」

「お前の乗る馬を見せてやる、来い」

人々の群れから離れ、馬の繋がれた場所へ行く。

「これだ」

彼が手綱を取って見せてくれたのは、白い馬だった。

「灰白《はいはく》だわ！」

身体に灰色の斑《はん》のある馬だ。

灰白は脚が早いと兄様に聞いたことがあった。

「この馬のよさがわかるのか。本当に馬に乗れるらしいな」

彼は腕を組み、私の様子を眺めていた。

真っ黒に金を施した乗馬服がよく似合う。

思わず素敵、と思ってしまうから、視線を馬に戻した。

「嘘などつきませんわ」

首を撫でてやると、馬は嬉しそうに顔を寄せてくる。よく躾けられた馬だわ。

「この子の名前は？」

「ネージュ」

「ネージュ。今日はよろしくね」

「これなら、馬の乗り方を教えてやる必要はなさそうだな」

「当然です」

「ついて来られなくなったら、しんがりにいる緑の服の男に小屋まで送ってもらえ。森で迷うと大変だ」

本当に大丈夫なのに。

「昨夜の雨で滑るところもある。せっかく作った乗馬服を一日で汚すなよ」

「失礼ね」

「ああ、ちょっと待て」

彼は私の顎を取って向かせると、自分だけに見えるようにそっとベールを持ち上げた。

「な…、何…？」

「逃げるな。小屋から女共が見てる」

ベールの中から目を向けると、確かに小屋の窓には女性達が鈴なりだった。

「お前が馬に乗るという話がもう流れてる」

「誰から？」

「馬を用意させたのだから馬丁だろう。ついでだ。夫婦仲の良いところを見せておこう」

言うなり、彼は私に顔を寄せた。

「キスは嫌」

その一言で、唇は軌道修正して頬に触れる。

「濃厚なのをしているように見せる、暫くじっとしてろ。でなければ本当にするぞ」

そう言われては動くわけにはいかない。

「柔らかな頬だ。膨らみきったパン種みたいにふかふかだな」

喋るから、唇が頬をくすぐる。

腕が私を抱き締め、その腕の中に収めた。

こういうことが、私をドキドキさせるとわかっているのだろうか？

「いくら見せつけるためとはいえ、やり過ぎでしょう」

「愛し合う男女というのは、これぐらいが当たり前だ」

「人前で破廉恥では」

「彼らはノゾキだ。人が見ていないからこそ睦《むつ》み合うのだ」

く……。

ああ言えばこう言う。

お父様とお母様は家臣の前でこんなことはしなかったわ、と叫びたい。

「どれ、もういいだろう。そろそろ他の貴族達も馬に乗りに来る。ほら」

彼は私を軽々と抱き上げた。

「アブミに足をかけろ」

「そんなの、一人でできます」

「してやりたいのさ」

彼は優しく微笑んだ。

お芝居だとしても、心臓に悪い。

彼のことを少し見直してるから、惹かれてしまいそうで怖い。

「陛下の馬は？」

アブミに足をかけ、ひらりと跨《また》がる。

「私のはあれだ」

エルロンドが示したのは真っ黒な馬だった。馬具の揃えも黒と金で、私の元から離れた彼が跨がると、まるで夜の闇の王のように美しい。

「ラッパが鳴り響いたら、狩りの始まりだ。私は先頭を行く、残念だがお前の側についていてやれない」

人々が集まってきて、それぞれの馬に乗る。

ここから私達の会話は王と王妃のもの。

「どうぞ私のことなど気にかけず、一番にお駆けください。この国で一番早い馬を持ち、一番上手く馬を操るのは王であるとお示しください」

「…狐狩りの意味がわかっているような口ぶりだ。さすがはわが妻だな」

一瞬驚いた顔をし、すぐに笑う。

「あなたの勇姿を楽しみにいたします」

その顔がどこか子供っぽく見えて頬が熱くなる。

ベールを付けているから、きっと彼にはわからないだろうけれど。

「いいだろう。惚れ直させてやる。しっかり付いて来い、私を見失うな」

「はい」

馬が近づき、彼が腕を伸ばしてまた私を引き寄せる。

馬上で逃げられなかったから、さっきキスしたのが頬だったから、観客がいたから、私はそれから逃れることができなかった。

掠《かす》め取《と》るように奪われた唇。

怒ろうとする前に、彼の馬は行き、それを追って数人の男達が駆けてゆく。

私の…、キス。

初めての接吻《くちづ》け。

それをこんなに簡単に…。

「乗り方がわからないのでしたら、狩り小屋でお待ちになってたら？　馬が可哀想でしてよ」

もしも、そんな声が耳に入らなかったら、怒りと驚きで気が動転してしまっていただろう。

けれど、私の横を駆け抜けていった緑の乗馬服の女性の言葉に、キスに傾いた心が引き戻される。

また、厭味だわ。

自分達の王が選んだ女性に対して、一体いつまで敵意を向ければ気が済むのかしら。

私は馬の手綱《たづな》を取ると、その女性を追いかけた。

彼女と並び、その顔を確かめる。

巻いた黒髪にきつい顔立ち。エルドワン侯爵令嬢のレイアだわ。

「馬もお上手だけれど、口もお上手ですわね」

不埒なエルロンドへの苛立ちをぶつけるように彼女に言うと、レイアはちらりとこちらを見た。

「あなたが王妃だなんて、認めていなくてよ」

「陛下がそうおっしゃってるのに？」

馬を並べて交わす言葉。

彼女も乗馬が上手いようだ。

「陛下も一時の気の迷いだとわかっていらっしゃると思うわ。でなければちゃんと国を挙げての結婚式を執り行うでしょう。あなたは王妃に相応しくないと、陛下自身がお認めになっているから、そんな宙ぶらりんな立場なのじゃなくて？」

彼女の言葉に、私はやっと理解した。

この国の貴族は随分と意地の悪い女性が多いと思っていたけれど、そうではないのだ。

結婚式を挙げずに傍らへ置く女は正式な王妃とは認められない。なのに私がエルロンドに特別扱いされていることが不満なのだ。

王は私を王妃と認めていない。

だから私を王妃として扱わない。

そういうことなのだ。

けれど、ここで負けるつもりはなかった。

自分のプライドのためにも、仕事としても。

「式は挙げますわ。ただ、私達は国の情勢を見ているだけです。国内が安定したら、ちゃんとするつもりですの」

「そんな夢を見ているだけではなくて？」

狩りの始まりを告げるラッパが鳴り響く。

放たれた猟犬の鳴き声も届き、同じ早さで駆けていた前方の男性達が、一斉に速度を上げ、腕を競う。

「身のほどを知るべきね。あなたへの寵愛は一時のものだと」

彼女も、馬に鞭をくれて私の前へ出た。

「カケラも与えられていないあなたよりは、愛されている実感があってよ」

私は鞭をくれず、手綱捌《さば》きだけで更にその前へ出る。

「お先に失礼」

馬好きのクロウリー兄様と共に森を駆けていた私には、彼女を追い抜くことは難しいことではなかった。

「ハイッ！」

馬の横腹に軽く蹴りを入れ、先頭集団に近づく。

頬をなぶる風。

強くなる緑の匂い。

土を踏む微かな蹄《ひづめ》の音。

背後から女性に抜かれたことに驚きを見せる男性達の間を縫って、エルロンドの姿を探す。

張り出した枝の下をくぐり、先へ行く黒い馬に付くと、彼は振り向いて私を見止めた。

「ついて来たか」

嬉しそうな声。

「ええ」

側にいることを喜ばれて嬉しい。

勝手にキスしてきたことを怒っているはずなのに、彼と轡《くつわ》を並べて走ることが楽しい。

あなたも私がいて嬉しいと思ってくれてるみたいで。一緒にいることを歓迎してくれているみたいで。

「帽子を枝に引っかけるなよ。ベールで見え辛かったら、後ろに付け」

「大丈夫ですわ。まだ広い場所ですもの」

「結構、では追って来い」

追って来いと言ったくせに、彼は私を置いてスピードを上げた。

付いて行こうとする私の横に、貴族達が並ぶ。

狐を追って森の奥へ。

なだらかだった道はやがて細くなり、起伏も激しくなる。

追いついて来た他の男の人達は、私を追い抜いたり、私に追い抜かれたりしていたが、先頭のエルロンドの前へ出る者はいなかった。

彼が一番早い。

それは王だから皆が抜くのを遠慮しているというわけでもない。彼が本当に上手いのだ。馬と一体になって、風を切ってゆく後ろ姿は、戦場においてもきっとこんなふうに勇猛果敢に向かって行くのだろうと思わせた。

自分の馬を手足のように扱い、一体となってするすると進んでゆく。

悔しいけれど、彼には追いつけないだろう。

皆を引き離してゆくエルロンドが、一瞬だけ後ろを振り向く。

視線が私に向けられ、にやりと笑った。それはバカにした目ではなく、よく付いてきているという称賛の目だ。私にはそう思えた。

エルロンドは、『女は何もせずおとなしく笑っていなさい』というお父様達とは違う。

彼は私の意見を聞き、私が何かを出来ることを喜んでくれる。

彼は私を認めてくれている。

そのことが嬉しいと思うと、胸の奥が熱くなった。

彼を…、好きになったかもしれない。

いいえ、好きだわ。

彼に追いついて、隣に肩を並べてみたい。そうしたらきっと、彼は私に『よくやった』と言ってくれるだろう。

恋なのかはわからない。

王妃になりたいというのではない。

ただ、彼の隣に行きたい。

馬を走らせ、彼を追い、風を感じながらそんなことを思った。

もっと、彼のことが知りたい、と。


昼食は、小屋の前の草地にテントを張り、テーブルを出して皆でいただいた。

従者達も連れてきているので、素敵な昼食会だ。

「いや、アレーナ様の手綱捌きの見事なこと」

「本当に。陛下と並んで走られている姿はお似合いで」

「午後は我々も負けてはいられませんな」

男の人は単純だ。

彼等は乗馬というものに重きを置いているから、それに優れたものを素直に褒めてくれる。

しかも私は女で、褒賞を取り合う相手ではないから、食事の席の話題はもっぱら私、ということになった。

「どちらで乗馬を？」

「それはまだ口にできませんの」

「どうしてですかな？　アレーナ様に馬をお教えになった方に、是非我々もご教授願いたいものです」

私の指南《しなん》役はクロウリー兄様。隣国の王子だから、たとえ教えてあげても指南を受けるのは無理だろう。

「そうですわね…」

私は顔を隣に座るエルロンドに向けた。

「…ご本人がいいとおっしゃってからにしますわ」

私は何も言わない。

けれど今の視線で、彼等は私に乗馬を教えたのはエルロンドだと誤解した。

「なるほど。それはお上手なはずだ」

「では馬を教えてらっしゃる時にお知り合いに？」

「あまり私の妻と言葉を交わすな」

質問が踏み込んだものになってきたからか、彼は不機嫌そうに言って、私の肩を抱いた。

「これが他の男に微笑むと腹が立つ。来い、アレーナ」

「はい、陛下」

そして食後のお茶もそこそこに、その場から私を連れ出した。

「やれやれ、我々にご尊顔《そんがん》を拝ませられないくらい独占欲が強いとは」

家臣達からそんな言葉を背に受けて。

小屋の裏手の馬のところまで来ると、彼は振り向いて私を抱き寄せた。

「抱き合わなくても話ぐらいできますわ」

「何度も同じことを言わせるな。人にこの姿を見せつけるために雇われているんだろう」

雇われたくて雇われてるわけじゃないわ、と言いたいけれど、仕方なく我慢する。そして思い出した。そうだわ、さっきのことを怒らなくちゃ。

「抱き合うのはいいですけれど、さっきのキスはやり過ぎです」

「随分昔の話をするんだな」

「昔？　狩りにいく前のことじゃありませんか。キスは嫌ってはっきり言ったはずです」

「馬の上だったからな、目測を誤っただけだ」

「嘘つき」

「じゃ、お前があまりにも魅力的だからだ」

微笑まれると、ごまかされそうになるけれど、そんなことあるわけがない。

「嘘はいいから。もうしないと約束してください」

「何だ、自分の魅力に自信がないのか？」

「そういう話じゃないでしょう」

「誰にだって失敗はある」

「失敗で片付けないで。あれは私の…！」

初めてのキスだったのよ、と言いかけて止めた。からかわれそうな気がして。

けれど彼にはわかってしまった。

「初めてだったのか」

図星をさされて思わず顔が赤くなる。

あなたが初めてなのよ、と告白してしまったようで。

「あんなものはキスには入らん。いつかちゃんとしたキスをされればそれを知るだろう。だから気にするな」

悔しい。

彼が困ったような、苦笑するような顔をしているのが、悔しい。

きっと、こんなことで大騒ぎをするばかな娘と思っているのだろう。彼にとっては大したことはないのに、何度もしてきたことなのに、自分だけがわめいていると思ってるのだわ。

「詫びは後でゆっくりしてやるから、午後はおとなしくしてろ」

「おとなしく？」

「午後は男達だけでもっと森の奥まで入る。女達はここいらで馬乗りでも楽しんでいろ」

「私なら、森の奥だって平気よ」

「だろうな。立派な手綱捌きだった。だが、男の自尊心というものがある。今ならまだ王妃様はお上手だと言っている連中も、自分の活躍の場を奪われれば恨むだろう」

それは…、そうかも知れない。

「それから、今あれだけバクバク食ったんだ、一人でいる時には他人の差し出すものは口にするな」

「失礼ね。そんなに食べていないわ」

「それでも、だ。あの人からはもらって、この人からはもらわないとなると面倒だ。腹が破れるまで食い続けることになるぞ。新調した乗馬服が裂けるのは恥ずかしいだろう」

本当にどこまでも失礼な人。

口を開けば怒らせるようなことばかり。

馬に乗っている姿はあんなにも素敵だったのに。

「…わかったわ。何も口にしません。それでよろしい？」

「結構。王妃が大食らいでは困る。それと、言動には気を付けろよ。どこで会ったとか、何をしてきたかとか、私以外には言うな」

言われなくても。

あなたにだって言ったりしないわ。

「もう放してくださる？　ご自分の馬を見にいらした方が、慌てて逃げて行かれたわ」

「察しがよくていい。だが確かにそろそろ行かなくてはな」

捕らえていた手が離れる。

「お前はもう少し肉を付けた方がいい。抱き心地が足りないぞ」

「どなたとお比べになっているのかわかりませんが、私はこれでいいんです」

本当に失礼だわ。

私を怒らせたくせに、彼は笑いながら皆の方へ戻ってしまった。

わかってる。

彼にとって私はからかいの対象でしかないのだ。

私が『何かをする』ことは認めてくれているけれど、女性として見ているわけではない。彼は、爵位等にとらわれず実力を見る人だから、私のことも『女』とは見ていないのだわ。

…別に女性として見られたいというわけじゃないけれど。

エルロンドの言葉通り、昼食が終わると、男の人達は皆装いを改めた。

「森の奥に入られたら、鹿も仕留めるつもりらしいですわ」

近くにいた女性が、その理由を教えてくれた。

茶色の髪に伏せ目がちな面差し、セルティス伯爵夫人だったかしら。

「私の夫は弓の名手ですのよ」

と言うから、夫のために私の味方に回る方がいいと考えたのかと思ったが、そうではないようだった。

「私も、アレーナ様のように馬に乗れれば、よかったのですけれど」

言われて見ると、彼女は乗馬服ではなかった。

「ご主人がお戻りになった時に温かいお茶を出してさしあげるのも、大切なお役目だと思いますわ」

「私もそう思うことにしていますが、先程戻られたお二人のご様子を見て、少し憧れましたわ。一緒に駆けるのも素敵だわ、と」

「そう言っていただけると嬉しいですわ」

この方は、穏やかでいい方ね。

でも…。

「アレーナ様、お暇でしたら私達と一緒に少し馬を走らせません？」

さっき私に厭味を言ったレイアは別ね。

「私達？」

「ええ。この先に小さな小川が流れてますの。いかが？」

レイアの後ろには十人ほどの女性達がいた。

半分はレイアと同じく私に挑むような視線を向けているが、半分はにこやかな笑みを浮かべている。

私の腕を確かめたいか、自分達の腕を見せつけたいか。

どちらにしろ、断れば角が立ちそうね。

「ええ、よろしいですわ。あまり奥に行かないのでしたら」

「森の奥へは行ってはいけないと言われてますもの、大丈夫ですわ。ただ、平坦な場所ではありませんから、腕は必要ですけれど。アレーナ様の腕前でしたらよろしいでしょう？」

「それではセルティス伯夫人、失礼しますわ」

「ええ。皆様お気を付けて。葉陰はまだ雨が乾いていないと夫が言っておりましたから」

誘われたのは、馬に乗れる者全てではなかった。

テントでお茶会を開いて殿方達を待つことにした者もいるようだ。

「さ、行きましょう。ついてらして」

私はネージュに跨がると、先行するレイアを追った。

彼女の言う通り、進んだ道は開けていて、危険なものではなかった。

けれど起伏があり、簡単というほどでもない。

腕に覚えのある者が走らせるコースね。

「お上手ね」

馬が並ぶと、レイアは話しかけてきた。

「田舎娘でも、馬ぐらいは乗りこなせるでしょうけど」

「でしょうね。あなたも上手いもの」

皮肉で返すと、彼女は凄い目で睨んだ。

前を見てないと危ないのに。

「私が田舎娘だと言うの？」

「とんでもない。あなたが私を田舎娘だとおっしゃったのでないなら、私も違いますわ」

私に喧嘩を売るぐらいなら、エルロンドに媚を売ればいいのに。

彼は、きっとレイアのような女性がお好みなのだわ。

胸も腰も女性らしく、家柄も侯爵家なら問題はないし。彼女もそのつもりがあったから私が気に入らないのだろう。

でも、彼はレイアを選ばなかった。

そのことに少し溜飲《りゅういん》が下がるわね。

「口が達者だこと。でも乗馬の腕前はどうかしら？　平坦な道を行くのは馬が良ければできるけれど、起伏のある場所は乗り手の腕が必要よ。そんな視界の悪いものをつけて、ついてこられるのかしらね」

「ご心配なく。今こうして並んで走ってますでしょう？」

「これでどうかしらね」

彼女は馬のスピードを上げた。

「危ないわ」

「怖じけづいたのならそう言ってくださって構わないのよ」

道は、下り坂に入っていた。

周囲の木々は色濃くなり、張り出してくる枝も多くなってきた。

少し段になっている場所もあったが、レイアは豪語するだけあって、それらを軽く走り抜けてゆく。

道に慣れているのだわ。

私は初めての道を危《あや》ぶみながら進むので、自然と彼女が先行する。

レイアはそれを確認するかのようにこちらを振り向いた。

「お口ほどでは…」

「危ないっ！　前！」

張り出した枝が、彼女の先に見えた。

今までのとは違う、かなり太い枝だ。

私の叫びに彼女が前を向き、それに気づいた時にはもう遅かった。

「きゃあっ！」

悲鳴と共に、彼女が馬から落ちてゆく。

馬はそのまま駆け抜けたが、レイアの身体は傍らの斜面に弾き飛ばされた。

「レイア様！」

慌てて手綱を引き、かろうじて私はその枝の前で馬を止めた。

「レイア様！」

「レイア様！」

後ろから走ってきた女性達も、私の声に歩みを止める。

「どなたか、馬を追ってください」

馬を降り、斜面を覗き込む。

彼女の姿は見つからなかった。

「下まで落ちたのでは…？」

同じように馬を降りた女性が私の隣から覗き込む。

「この下はどうなっているの？」

「沢ですわ。もう少し行くと橋に出ますから。…まさか、川に落ちたのでは…」

「レイア様！　声を上げて！」

下に向かって声をかけると少しあって返事が聞こえた。

「…誰か……、助けて…」

よかった。意識はあるようだわ。

「今行くわ、待ってて！」

「早く…。落ちてしまう…」

場所をずらしてもう一度覗き込むと、木々の間から彼女の緑の乗馬服が見えた。

でも遥か下だわ。

「上って来られる？」

「無理よ、足を挫いたわ…」

どうしよう…。

「どなたかロープを持ってません？」

「足を挫いているんじゃロープがあっても無理じゃ…」

「殿方を呼んで来ないと」

「皆森の奥に入ってしまったのに？　それに、今落ちてしまうと言ってらしたわ。早くしないと川に落ちてしまうのかも。もし川に落ちたら流されるかもしれないわ」

一緒に来た人達は、口々に不安を言葉にした。

彼女達の言うことは正しい。ロープなどあっても、女の力ではこの斜面を上ってくることはできないだろう。

木々の陰になって、剥き出しの地面の表面が水気を吸って光って見える。多分、かなり滑るだろう。

「きゃあ……！」

また悲鳴が上がり、バサバサと枝の折れる音がする。

「レイア様！　どこでもいいから近くの枝や草を掴んで！」

私はまだ馬に乗っている一人に声をかけた。

「あなた、そのままテントへ戻って人を呼んできて。それから森に入った男の人達に連絡が取れないかも確認するようにと伝えて」

「え…、ええ。すぐに」

彼女が走りだす前に、私は自分の馬を振り向いた。

ネージュはいい馬だわ。

エルロンドはきっと一番いい馬を私に貸してくれただろう。それを信じるしかない。

「アレーナ様！」

私は馬に乗ると、斜面に向かってゆっくりと歩かせた。

「危ないわ！　何をなさるの、降りてください」

「助けに行きます」

「無理です」

「こうしている間に彼女が川まで滑り落ちたら、助ける術がなくなります」

「でも…！」

「大丈夫。この馬は賢い馬のようだから、きっと上手くやってくれるわ」

「でも…、もしアレーナ様に何かあったら…」

「私が勝手にやったと言えばいいわ」

ゆっくりよ。

ここでネージュが足を滑らせたら、この馬はもう走ることができなくなってしまう。

「いい子ね。あなたを信じるわ。下まで行けるわよね？」

首を軽く叩いてやると、ネージュは静かに頭を上下に振り、動き出した。

慎重に木の根元を探りながら斜めに進む。

木の根が張ったところには凹凸があるし、地面も堅いだろう。

「今行くから、もう少し頑張って」

緑の乗馬服がはっきりと見えるようになっても、更に下におりる。

下の方が、地面はしっかりしていた。

「私はここよ…！」

「足を挫いてるんじゃ、馬に乗れないでしょう。馬の背をあなたの居場所に合わせるのよ」

「下に行くと危険よ…？」

「大丈夫。田舎育ちぐらいには馬を操れるから」

彼女の顔がはっきりと見える位置まで来ると、馬を下りて彼女に手を差し出す。

「さあ捕まって」

「無理よ…。掴んでる枝を離したら落ちてしまうわ」

「大丈夫、私の手を掴んで」

「でも…」

「私もいつ滑り落ちるかわからないの、早くして」

そう言うと、彼女は覚悟を決めたように手を伸ばしてきた。その手をしっかりと握って引っ張り、馬の鞍を掴ませる。

挫いた足の具合はわからなかったけれど、右足は殆ど使っていなかった。悪い状態かもしれない。もし骨でも折れていたら…。

「跨げなければ、横になって乗っかるだけでいいわ」

彼女が馬に苦戦している間、私は斜面を見上げた。

下りては来たけれど、二人乗りで上るのは無理そうだわ。かと言っていつまでもこのままでいるわけにはいかないし。

今度は下を見ると、川が見えた。

「じっとしていなさい」

斜面に手をついて下へおりる。

川の向こうの土手は草地になっていた。

幅はあるけれどこれなら何とかなるかも。

地面の草や枝を掴んで元の場所まで戻ると、何とか馬に跨がることのできたレイアの前に自分も乗った。

鞍《くら》は二人乗りようではない。

アブミに足を載せ、腰を浮かせて立ち上がると、馬を下へ向けた。

「下は川よ！」

「黙って」

大丈夫。

兄様に習って、障害のレースもやったじゃない。

あの時の馬よりネージュはいい馬だわ。

それに、度胸が座っている。もしかしたら戦場に出たこともある馬なのかもしれない。だとしたら上手く行くだろう。

「しっかり捕まってて」

「…アレーナ様」

「無闇に身体を動かさないで、馬の動きに合わせるのよ」

「…ええ」

何とか一番下の川べりまで下りると、対岸には何人かの姿が見えた。

「場所を開けて！　跳ぶわ！」

「無茶ですわ！」

「いいから、下がって！」

深呼吸して、手綱を強く握る。

「行くわよ、ネージュ。お前の力を見せて頂戴。鎧を付けた殿方より、私達の方がずっと軽いでしょう」

川べりの平坦な部分を使って助走を付け、一気に跳ぶ。

「ハイッ！」

高さは稼げなかったが、ネージュは見事に川を跳び越えた。

水飛沫《みずしぶき》が乗馬服の裾を濡らしたが、すでにもう泥だらけで、そんなことを気にする必要もなかった。

「このままテントまで戻ります。レイア様の馬は引いてきてください」

急ぎたかったが、馬に無理をさせたし、足の怪我に響くといけないので、ゆっくりとテントへ戻る。

テントでは、既に連絡が行っていて、女性達がレイアを待っていた。

「小屋の中へ運んで、ブーツを脱がせてあげて」

侍従が手を貸してレイアを降ろす。

私も馬を降り、ネージュの首を抱いて彼を労《ねぎら》った。

「よくやったわ。最高よ」

その時、蹄の音が鳴り響き、森の奥へ行っていた一団が戻ってきた。

「アレーナ！」

先頭はやっぱりエルロンドだ。

彼は馬が止まるのを待たずに飛び降りると、私に駆けよって抱き締めた。

「お前が落ちたのか？　落ちたのはレイア嬢だと聞いたが」

「ええ、そうよ。私は何ともないわ」

「だが泥だらけだ。それは一体どうしたことだ？」

「ええと…」

「アレーナ様がレイア様を助けてくださったのです」

何と説明しようかと思っていると、一緒に遠乗りに出掛けたうちの一人が代わって答えてくれた。

「助けた？」

「はい。斜面を馬で降りて、レイア様を乗せて川を越えたのです」

「斜面を馬で？　川を越えたとはどういうことだ。ちゃんと説明しろ！」

彼の声に、説明に出た女性が身を竦める。

「陛下、お声が怖いですわ」

私がたしなめても、ジロリと睨まれただけだった。

「ではお前が説明するか？　その汚れた服を着替える必要もあるだろう」

「これは…」

「いつまでも泥のついた服でいるつもりか。馬車を回せ。城へ戻る」

「陛下、まだ狐狩りが…」

「狩りはこれにて終了だ。戻る馬車の中で、お前の説明を聞こう」

エルロンドは怒っていた。

何に対してだかわからないけれど、強い怒りを感じているようだった。

とても強い怒りを…。


女性達の中の何人かで遠乗りに出たこと。その途中でよそ見をしていたレイアが枝に弾き跳ばされ、近くの斜面へ落ちたこと。

男手はなく、彼女は怪我をしているようだったので、一分一秒を争うかと思ってネージュで斜面を降りたことなどを話した。

「斜面を？　馬で？」

「ええ、何とかできたわ。ネージュは戦場へ出たことがあるのね、度胸の座ったいい馬だったわ。でもレイアを助けたのはいいけれど、二人乗りでは斜面を駆け登るのは無理だと思ったから下までおりて、川を跳んだの」

「二人乗りで？」

「ええ。服はレイアを助けた時に汚しただけで、私はどこも怪我はしていないわ。せっかく作ってくださったのに、一日で汚してごめんなさい」

叱られるかと思ったが、彼はそこまで聞くと黙ったまま腕組みをして座席の背もたれによりかかった。

「まさかと思うけれど、レイアを咎めたりしないでね？　彼女はちょっと厭味だったけれど、罰は十分に受けたと思うし」

「…厭味を言われたのか？」

深く座り、目を閉じたまま彼が聞き返す。

「少し、ね。でも彼女はきっとあなたが好きなのだわ。だから突然現れた私に、少し文句を言いたかっただけよ」

「厭味を言った相手のために、服を泥だらけにして、危険な斜面を駆け降りて、川を跳んだのか？」

「相手が誰であっても、怪我をしてたら助けないと」

エルロンドは難しい顔をして一度見開いた目をまた閉じる。

会話はそこで途切れ、城へ到着するまで、馬車の中は静かなままだった。

城へ到着すると、服に付いた乾いた泥を払って、彼と共に奥へ向かう。随分な格好だから、すれ違う者達は皆、一瞬何があったのかとぎょっとした顔をした。

今日は夕方まで狩りに出ている予定だったから、サラはいない。

部屋へ入ると、侍女達も驚きの声を上げた。

「いかがなさいましたか？」

「落馬でも？」

「お怪我は？」

説明するのも面倒だったので、「まあそんなようなものよ」と笑って、彼女達を下げた。

「お着替えを手伝いますわ」

「いらないわ」

「では湯浴みのご用意を」

「それもいいわ」

「ですが…」

「手とドレスの裾を汚しただけだし、少し休みたいの。お風呂は夜にゆっくり入るから。ああ、でも足湯は使うから薔薇のオイルを入れてきて」

「…かしこまりした」

お湯に浸かるのは魅力的だったけれど、午前中馬を駆り、午後にはちょっとした冒険をしてしまったせいで疲れていた。

大したことはないと思っていたけれど、自分で思っているよりも緊張していたらしい。

奥の寝室まで入ると、汚れたブーツと乗馬服を彼女達に渡し、下着姿で椅子に座って、持ってきてくれた足湯に足を浸した。

薔薇の香りが湯気と共に立ちのぼってほっとする。

身体を確かめてみたけれど、痛むところはない。

きっと兄様がこのことを知ったら、お転婆《てんば》だと怒るでしょうね。

「ふう…」

夕食に呼ばれるまで、少し横になろうかしら？

ぼんやりと天井を眺めていると、その視界に突然黒いものが入り込んだ。

「随分な格好だが、今日は咎めないでおこう」

エルロンドだ。

「どうしてここに！」

まさか、彼が部屋に入って来るとは思っていなかった。彼とは廊下で別れ、彼も自分の部屋へ戻ってゆく背中を見送っていたから。

だからこそ、気を抜いて下着姿でいたのだ。

「ほら」

慌てる私に、彼はガウンを投げて寄越した。

慌ててそれに袖を通す。

「女性の寝室にノックもなく入って来るのは失礼だわ」

「夫婦の寝室だ、失礼なわけがない」

「それは表向きだけで真実ではないわ！」

怒る私の言葉を無視して、彼が隣に座る。

彼はまだあの黒い乗馬服を着ていた。

「お前は、どこで馬を習った？」

「どこでもいいでしょう」

「走りも見事だったが、斜面を駆け降りたり、二人乗りで川を跳ぶほどの技術だ、ちゃんとした指南を受けたのだろう」

彼の瞳がじっと私を見つめる。

「それだけではない。ダンスも見事だった。教養もあるし、向学心もある。マナーも行き届いている。一体どこでそれを覚えたのだ？」

「それは…。前にも言った通り、貴族の館で長く働いていたから、貴族の娘ができることはたいていできるのよ」

「その屋敷で教えられたのか？」

「ええ、そう」

他に上手い言い訳が考えつかず、頷く。

「不思議な娘だ」

彼の手が、まだ結い上げていた私の髪からピンを抜く。

まとまっていた髪は、ピンが一本抜ける度にはらりと落ちて広がる。

「美しいだけではなく、教養もあり、王や貴族に対する物怖じもなく、かと言って無礼でもない。今日は勇気と正義も見せた。お前は一体何者だ？」

失敗したわ。

私は平民の娘だということをすっかり忘れていた。

「…私は、あなたの妻ですわ。王妃ですもの、何でもできるのです」

上手くごまかしたつもりだったが、これが一番大きな失敗だった。

「そうか。…そうだな。お前は私の妻だ」

言うなり、彼は私を抱き上げた。

「な……！　何をなさるの！」

「夫が妻を抱き上げるのに理由はいらんだろう」

「止めて！　降ろして！」

湯に浸けていた足先から雫が滴る。

絨毯《じゅうたん》が濡れるのも気にせず、彼はそのまま私を続き間である彼の寝室まで運ぶと、ベッドへ降ろした。

初めて見る彼の寝室。

大きな、私の部屋よりももっと大きな寝台には青い百合のカバーがかかっていた。

「エルロンド！」

「王の名を呼び捨てにするのは、妻ならではだな」

にやりと笑う顔。

またからかっているの？

それとも……。

「お願い、止めて」

「本当のキスを教えてやろう。昼間のあれが大したことではなかったとわからせるために」

「いや……！」

逃れようとする私を押さえ付け、彼が唇を重ねる。

千々《ちぢ》に広がる自分の髪の中に埋められるように、彼がのしかかる。

「んん…」

まるで獲物を食らう獣のように、口を開いて私の唇を食《は》む。

舌が伸びて、閉じた私の唇の間から入り込もうとした。

きつく口を閉じてそれを拒んだけれど、彼の手がガウンを剥ぎ取ろうとしていることに気づくと、声を上げるために口を開いてしまった。

「止め……!」

舌が…、入ってくる。

熱く、柔らかい塊が、口の中いっぱいに押し込まれる。

「ん……」

それは蠢《うごめ》き、私の舌に絡まる。

押し出そうとしてもできない。

しかも手はガウンの前をすっかり開け、下着姿の私の胸を掴んだ。

「……!」

声にならない悲鳴。

確かに上げたはずなのに、彼の口の中に呑まれてゆく。

これが本当のキスだと言いたいの？　こんな力ずくのものが？

ビスチェの紐が解かれ、アンダーのシルクシャツの上にある彼の手を感じる。

手は、動いていた。

胸の膨らみを揉むように。

舌も動き続けていた、口の中に隠している何かを探るようにずっと。

どうして…。

どうしてなの？

随分な意地悪を言われたこともあった。

女として媚びろとか、反対に魅力がないとか。

でも私を認めて、ちゃんと一人の人間として扱ってくれていた。

そんな彼だからこそ、私は心惹かれ始めていたのに。

これでは暴漢と変わらない。

力ずくで私を押さえ込み、言葉も聞かず、身体を求めるなんて。

こんなことをする人だとは思わなかった。

今日まで、何度も部屋で二人きりになったことはあった。でも今まではずっとただ通り過ぎるだけで、言葉を交わすだけで、口では何と言ってもいやらしいことの一つもしなかったのに。

「や……」

ずれた唇から声を上げる。

片方の手は、ずっと私の利き手の手首を捕らえ、動けないようにしていた。もう一方の手は胸元で動いていたけれど、いつの間にか下着の中から私の胸を引きだし、それを直に掴んだ。

「あ…！」

柔らかな私の胸を掴む堅い手。

「お願い、止めて…！」

唇が外れ、言葉が紡げるようになるから、必死で訴えた。

「からかうのなら十分よ。冗談ではすまないわ…」

「冗談なわけがない」

唇が、頬から首を滑り、胸へ近づいてゆく。

引き出された胸に。

「エルロンド…！」

そして舌が胸の先を舐めた。

「夫が妻を抱くのが、冗談なわけがないだろう」

初めての感覚。

ゾクッとするものが、ほんの小さな先端から全身に広がってゆく。

「じっとしていろ。ちゃんと優しくしてやる」

「いや…っ！」

彼に、私の言葉は届かなかった。

私の気持ちも、届かなかった。

あなたを嫌いではない。でもこれは暴力よ。私は一言も触れていいなどと言っていない。私の意思を無視して、男としての欲望だけをぶつけて来るのは、暴力以外の何ものでもないことなのよ。

それがわからないの?

「や…」

けれどその怒りと悲しみを、彼に理路整然とぶつけることは叶わなかった。

「あ…」

初めて感じる『男』の手が怖くて身が竦む。

乗馬で疲れた身体が、一度は緊張を解き、疲労を自覚した身体が、言うことをきかない。

強制的に引き出される女の快感が、私を戸惑わせる。

胸の先を舌先で嬲《なぶ》られ、咥《くわ》えられ、痺れるような感覚に捕らわれる。

頭の中が真っ白になって、罵る言葉も出ない。

執拗《しつよう》に胸を舐められ、背筋に寒気が走る。

反対側の胸も舐められ、鳥肌が立つ。

「いやぁ…」

じくじくとした疼きが、恐怖の中に見え隠れする。

彼の黒い頭が視界の隅に映って、この感覚を与えているのがエルロンドなのだと教える。

でも嫌。

嫌なのよ。

こんな、ただ身体だけを弄ぶようなことは。

なのに彼の舌が私の小さな胸の先を転がす度、身体が震えてしまう。

「あ……」

胸を引き出した手は、今度は下に伸びる。

内股を撫でるようにそこを上下する。

『あそこ』へ近づき、また離れる。

女性として、閨《ねや》で行われることは既に教えられていた。

だから男の人が『あそこ』を求めることもわかっていた。

でも、彼がそこまでするとは信じたくなかった。

「キスも知らぬほどだから、初めてなのだろう？」

長く掴んでいた手首を放し、両方の手で私の脚を捉える。

下着の全てを取り去るけれど、抵抗ができない。

いいえ、抵抗はしているのだけれど、意味をなさない。彼と私の力の差は歴然としていたし、私はもう彼が怖かった。

「いや…っ」

内側に置かれた手が、大きく脚を開かせる。

「いやよ…っ！」

涙ながらに訴えても、彼は止まってくれなかった。

彼の目の前に、私が晒される。

「いや……」

何とか脚を閉じようとしたけれど、開いた脚の真ん中に彼が身体を置くから、それもできない。

それでも、彼が私を愛して求めているのなら救われた。

愛しているから我慢できないというなら、受け入れることも考えられた。

でも彼の言葉は私を打ちのめした。

「相応の報酬は払ってやる」

報酬…？

私に身体を売れというの？

この私に？

「いや…っ！」

「暴れるな」

「嫌！」

「アレーナ」

両手首を捕らえられ、磔《はりつけ》にされるように十字にベッドに縫い付けられる。

零れた己の白い胸。

彼の唾液で光るその先端。

怒っているような彼の顔。

「やめて…、お願い…」

もう声が届かないことはわかっていた。

彼にとって、私の言葉には意味はない。彼はたった今、私を金で春をひさぐ女へと貶《おとし》めたのだ。

それでも言わずにはいられなかった。

「お願いよ…」

両手は私を捕らえているのに、何かが下肢《かし》に当たる。

「お前は王の妻だ」

「いや…」

誰か。

誰か助けて。
サラ。
「いやよ…、エルロンド…。いや…ぁ…っ！」
開かされた身体の真ん中に、何かが当たる。
押し付けられ、痛みを与える。
「いやぁ…」
苦しい。
彼は、手を放した。
その手が、私の胸を嬲る。
口づけられ、さらに身体が重なる。
体温が高まり、重なる肌がしっとりと互いに吸い付く。
まるで、繋がることの苦しさをごまかそうとするように、私を追いつめる。
腕が私を抱き締め、何度もキスされた。
これが愛であったなら…。
頭の隅を掠める気持ち。
でもそんなものもすぐに飛んでしまう。
「あ…」

彼を受け入れさせられたまま、身体中を撫でられる。

もう、何をどうされているかもわからなかった。

エルロンドが何時《いつ》服を脱いだのかも気づかなかった。

触れ合う肌が熱くて、動く度に肌が擦れ、二人の身体の間で、私の胸が潰される。

何度も、何度も彼は私を突き上げ、その度により深く奥に届く。

「いや……」

柔らかなベッドの上で、平衡《へいこう》感覚も無くしてしまう。

溺れているように、何もかもわからなくなる。

「いや……」

ただずっと、私はこれを望んでいないという言葉だけを繰り返した。

たとえ彼の耳に届かなくても、報酬が支払われるから身体を差し出すような女に見られたくなかったから。

彼の愛撫が、私の苦しみの中に快楽を呼び起こしても、拒否の言葉を口にし続けた。

「いや……ぁ……」

身体の内側に、花が開くような甘い疼きを感じても。

「やめて……」

彼の身体に手を回してしまっても、しがみつくのではなく押し戻すためにしているふりをするのと同じように。

ずっと、ずっと、彼を拒んだ。

彼が私を『愛している』と言ってくれないのなら、これは暴力に過ぎないのだから。取引でさえないのだと、知らしめなければならなかった。

私はそんな人間ではない、と訴えるために。

最後の絶頂を迎えた時でさえ、私は悲しくて、苦しくて堪らなかった。

それが目も眩むような快感であっても。

「い…やぁ……っ！　あぁ…」


目覚めると、身体中が痛かった。

彼に押さえ付けられ、自分が抗った証しだ。

涙で霞《かす》む視界は、見慣れた私の部屋だった。

白い薔薇があちこちに咲き誇っているが、今の私にはその白さが辛かった。

…汚された。

愛する人に捧げるべきものを奪われてしまった。

あんなに頼んだのに、泣いて懇願したのに、彼は聞き入れてくれなかった。

「う…」

彼に押し入られた場所が痛む。

まだそこに彼が残っているような気がする。

それが悔しくて悲しい。

身体を返すと、枕元には布のかかったサンドイッチと冷えたお茶が置かれていた。

添えられたメモ書きはサラの字だった。

『英雄譚《たん》は伺いました。どうぞ今夜はゆっくりお休みください。お呼びがあるまで、朝も控えております。　サラ』

彼は、私のことをどう説明したの？

私を抱いたと、誰かに話したの？

サラは知っているの？

私のことを報酬を与えると言ったら抱かせたとでも言った？

食欲などなかった。

最後の方はもう何も覚えていなかったが、彼はどんな顔をしながら私から離れたの？　欲望を遂げてすっきりしたとでも思った？

苦しい。

悲しい。

私はもう一度布団の中に潜り込み、泣いた。

どうして…。

どうしてなの？

何故突然あんなことをしたの？

私はあなたを誘った？　あなたを怒らせた？　それとも、私には関係なく、あなたがそういうことをしたいと思った時に手近にいたのが私だったから？

問いかけようにも、彼の姿はない。

いいえ、たとえここにいたとしても、訊きたくもない。

『愛しているから手を伸ばした』

という言葉以外聞きたくない。

でもきっとその言葉は与えられないだろう。

だから、私はただ泣くしかなかった。

たった一人で…。

「気分が優れないの。暫くは何もできないと陛下に伝えて」

翌朝、意を決してサラを呼ぶと、私は彼女にそう言った。

「やはりお怪我を？　斜面を馬で下りたと伺いましたわ」

「いいえ。それは大丈夫」

そういうことにすれば話は簡単かも知れないけれど、あの時私が怪我などしていなかったことは何人もの人間が見ているから、嘘はつけなかった。

代わりに、事実を含んだ嘘を口にした。

「出過ぎた真似をしたと、陛下に怒られて、叩かれたわ」

「え…？　陛下が女性に手を？」

「ええ。そうよ。だから私は暫く陛下の顔を見たくないの」

怒っている、とは言える立場ではない。

「怖くて、もう近づけないわ。でも私が怖がっては芝居にならないでしょう？　だからユリウス殿に暫く病で臥《ふ》せってるとでも伝えてください」

嘘ではない。

あれは暴力だったし、私はもう彼が怖い。

人前で愛し合っている夫婦の芝居などできない。

「お願いよ」

「……わかりました。兄に伺ってみます」

彼女は敬愛する自国の王が女性に手を挙げたことが信じられないようだったが、事実を知ったらもっと信じられないというだろう。

身体はだるく、昨夜も湯浴みをしていないことを思い出し、サラが出て行くと侍女に湯浴みの用意をさせた。

一人で入りたいから、と彼女達を下げてから一人湯殿に向かう。

私の部屋の湯殿は、サンルームのように大きな窓のある場所だった。

身体を沈めるだけの浴槽は大きくて、外から差し込む太陽の光が水面に反射してキラキラと光る。

窓の外はバラの生け垣になっていて、当然人の姿はない。夜には窓越しに空の星が見えるので、とても気に入っていた。

でも今は、その美しさを堪能することもできない。

裸になった自分の身体には、彼のつけた痕が残っていた。

手首を掴まれた赤い痕。

彼の唇がたどって行った印の赤い斑。

ここに、エルロンドの唇が…。

思い出すと、身体が震えた。

それは恐怖であり、…悔しいことに快感でもあった。

またぞろ流れてくる涙を湯で洗い、身体を沈める。

もう…、私は誰の妻にもなれない。

もし国に戻っても、純潔ではなくなってしまった私を嫁がせることは、国の恥となるだろう。遊んだ娘を下げ渡したと。

もし愛する人ができても、このことを何と説明すればいいのか。

愛する人…。

思い浮かぶ、颯爽《さっそう》と馬を駆るエルロンドの背中。

彼と並んで馬を走らせた時の喜び。

あのまま、時が止まっていればよかったのに。

あそこまで時間を巻き戻すことができればよかったのに。

涙を流し尽くすまで湯に浸かり、余計に身体を疲れさせてしまった私は、起きていることができずベッドに戻って横たわった。

また暫く眠って目を開けると、傍らにはサラが座っていた。

「起きられました？」

「…随分と寝ていたかしら？」

「それほどには。お腹は？　空いてらっしゃいません？」

朝も殆ど食べなかったのに、空腹は感じなかった。

「いいえ。何だかとても疲れているの。お腹は空いてないわ」

「何も食べないのもいけませんから、後でスープを持ってまいりますわ」

「…そうね」

彼女は、何も知らないのだろう。

微笑みかけてくれる表情でそれがわかる。

「兄に話しましたの。お叱りを受けて怯えてしまったので芝居ができない、と。そうしましたら、病はよくないので、小さな諍いをして拗《す》ねているということにしようと。御夫婦が諍いを起こしていると知れば、その隙を突こうとする者が動き出すから丁度いいと」

「…そう。…陛下は何と？」

「お留守ですわ」

「留守？」

「今朝から、地方へお出掛けです。急な用事があるとかで。でも明後日《あさって》には戻ってらっしゃるとのことでした」

今彼の顔を見なくて済むのはありがたい。

あの、隣の寝室へ続く扉の向こうに彼がいないのなら、安心して眠れるだろう。

「あのお花を見てください」

サラは身体を逸らせてテーブルの上に飾られた見事なピンクの薔薇を示した。

ひょっとして、エルロンドが…？

「エルドワン侯爵令嬢から、感謝のしるしとして贈られてまいりましたの。一緒に香水も添えられてましたわ」

レイア…。

「でもお加減がよくないのでしたら、香水は暫く使わずにしまっておきましょうね」

「ええ」

「カード、ご覧になります？『心からの感謝を』とありましてよ？」

「いいえ。今はいいわ。後でお返事を差し上げるから、何か返礼を選んでおいて。私はもう少し眠ります。あなたも休んでいいわ」

ああ、いけない。

疲れてきて言葉遣いが『メルア』になってしまっている。『アレーナ』はこんな高飛車な言い方をしてはいけないわ。

私は平民の娘なのだから。彼女には敬意を払わなくては。

「…ありがとう、サラ。側にいてくださって」

秘密が、増えることが悲しい。

こんなに優しい『友人』なのに、自分の素性も、苦しみも打ち明けられないなんて。

「ごゆっくりお休みください」

言われて、私は目を閉じた。

こんなに眠ったのに、まだ眠り足りないのは、きっと現実から逃れたいせいね。

でも仕方がない。

「お休みなさい」

この現実は私にとって辛いものなのだから。

何もかもが、とても辛いものなのだから…。


明後日には帰る、と言われたから三日目の夜には警戒していた。

けれど、隣室に気配を感じても扉が開くことはなかった。

隣室の気配を感じる度に、猫のようにビクッとして耳を澄まさずにはいられない。あの扉が開いたら、彼がまた力に訴えたらどうしよう、と。

椅子を、あちらから開けられないように扉の前に置いてしまおうかしらとも考えた。

でもすぐにそれはダメだと諦めた。この寝室にはサラ以外の侍女達が入ってくる。そんなものを見られたら不審に思われてしまうだろう。

私達は仲の良い夫婦でなければならないのだ。

…こんな目にあっても、まだ『仕事』をしようとしていることが、彼のためを考えていることが滑稽だった。

きっと、感情のままに仕事を投げ出す女と見られることが嫌だからだわ。

これ以上、自分を見下げられるのは嫌。

まだ、彼の目に『少しでもよく』映りたいと思ってるわけじゃないわ。自分のプライドのためよ。

だから、勉強はした。

サラ以外の、何も知らない侍女達の前では笑って「少し困らせているの。時にはこういうのも必要でしょう？」とも言った。

深夜の静寂の中、扉の向こうから微かな物音が聞こえるのが怖くて、眠りは浅くなった。

彼が公務で出掛ければいいのに、と願っていた。その願いが叶ったかのように、どうやら彼は忙しくしているらしいとサラから聞いて少しほっとした。

仕事が忙しければ、きっと私のことなど思い出さないわ。

彼は私のことなど想っていないのだもの。

辱《はずかし》められるぐらいなら忘れ去られる方がいい。

このまま、彼の忙しい日々が続きますように。いっそ、飽きて次の偽の王妃を求めてくれればいいとも思った。

彼を酷いと思いながら、心の奥底で『悲しい』と思うほど彼を想っている自分がいたから。

それを思い知らされたくないから。

けれど、更に数日後、再びあの扉は開いてしまった。

まだ私が深い眠りを手に入れることができない頃に。


深夜、皆が下がり、部屋には私一人。

それまで読んでいた本を置いてベッドに入る。

物音はしなかった。

彼もきっと眠ったのだろう。

あの夜以来、彼はこの部屋を通り道にすることもなくなった。

一度抱いてしまったから満足したのかも。私が拒否したり、嘘をユリウスに伝えたから怒っているのかもしれない。

でもこの方がいい。

彼がこの部屋を再び訪れて、また私を愚弄《ぐろう》するよりは。

そう思っていた時に、カチリと音がした。

ベッドに入っていた私は、一瞬にして眠気を吹き飛ばし、身体を起こした。

続き間のドアが細く開く。

そして一気に開かれたかと思うと、彼が立っていた。

「入らないで」

そう言ったのに、彼は部屋に脚を踏み入れた。

「起きていたのか」

「それ以上近寄らないで」

「何故私がお前の言うことをきかなくてはならない？　私はこの国の王なのに。私に命令できる者などいない」

テーブルの上には、まだロウソクが灯っていた。

揺らめく焔の中、闇の王さながらに彼が近づいてくる。

「何をしにいらしたの」

目を逸らさずに尋ねると、彼は薄く笑った。

「夫が妻のもとを尋ねるのに理由はないだろう」

「先日と同じことをしようというのね」

胸が、苦しい。

「私はついにあなたの慰み者になり下がったということね」

「慰み者などではない。妻だろう」

「意に添わぬ行為を強要されれば、それは婢女への扱いと一緒だわ」

「アレーナ」

「近寄らないで！」

私は枕の下に忍ばせていた細い短剣を取り出した。

「…それで私を刺そうというのか？」

「いいえ。そんなことをしてもあなたに取り上げられるだけでしょう。あなたは武人で、私は小娘ですもの」

「よくわかってるじゃないか」

「だからこれは、私に向けるものです」

言うなり、私は自分の喉元へ切っ先を当てた。冷たい金属の感触が肌に触れる。

「アレーナ！」

「本気です。一時の慰みものとして扱われるぐらいならば死にます。力で敵わなくても、私の全ては私のもので、汚されることを許しません」

「止《よ》せ！」

彼が一歩近づくから、私は剣を握る手に力を込めた。

剣が、肌に窪みをつける程強く押し付け直す。

「どうぞ、女を抱きたいのなら、心がなくてもあなたに身体を差し出す方を求めてください。私は、心の通わぬ方と…、あんなことは…」

悔しさに涙が零れる。

けれど視線は彼を睨みつけたまま、動かさなかった。

私は本気よ。これ以上辱められるぐらいなら、潔い死を選ぶわ。

「剣を下ろせ」

「嫌です」

「アレーナ」

彼はほうっとため息をついた。

「お前は…、まるで王女のように気高い女だな。悪かった、謝罪しよう。だから頼む、その剣を下ろしてくれ」

「あなたがお部屋へ戻られたらそうします」

「わかった。だがその前にこれだけは言わせてくれ。お前を慰み者にしたわけではない。お前の魂を汚したことは謝罪するが、決して遊びでしたわけではない」

「では何だと言うの？」

「お前を、好きになったからだ」

「…嘘！」

驚きに隙を見せた瞬間、彼は飛びかかって私から短剣を取り上げ、部屋の隅に投げ捨てた。

「いや…っ！」

だがそれ以上は何もせず、ただ私を抱き締めただけだった。

「…王の寿命を縮めたな。大罪だ」

そしてすぐに離れた。

「嘘ではなく、お前を愛したから、抱いたのだ。慰み者にしたわけではない」

「でもあなたはそんな言葉、一つもくれなかったわ。報酬をやるとしか…！」

「それ以外にやれるものがないからだ」

「愛情があるならばそれを…」

「愛情があっても、それを渡せない」

「どうして？」

彼は少し距離を置いてベッドの上に座り直した。

「私が、王だからだ。そしてお前は王妃にはなれない、ただの娘だからだ」

その言葉の意味を問いただすほど無知ではなかった。

確かに、一国の王が平民の娘を娶ることは難しいだろう。

「アレーナのことは気に入っていた。お前は類《たぐ》い稀《まれ》な娘だ。とても魅力的で、美しい。だが、私はお前を愛するわけにはいかなかった」

「身分が違うから…」

「それもある」

彼は、察しがいいというように苦笑した。

「お前にこの仕事を、偽の王妃になれと頼んだ時のことを覚えているか？」

「この国はまだ安定していないから、敵か味方か分からぬ者を妻にできないから、妻の座を先に埋めてしまうと…」

「そうだ。だが同時に、妻となった者に周囲がどのような反応を示すかもわからなかったからだ。お前は厭味を言われたり、嫌がらせを受けたりはしなかったか？　伯母上にも意地悪をされただろう」

ダンスの時に難しい曲を選ばれたことだろうか？

「王妃になる女に、どのような攻撃がされるか、我々は見極めている最中だった。王妃を送り込もうとする者は、自分の利益を確保しようとする者。王妃を亡きものとしようとする者は、私を追い落として王座に座りたい者だと見ている。正式な王妃がいれば、もし私が亡くなってもその女が王位を継ぐ可能性があるし、子を成せばその子に受け継がれる」

「…私が殺される、と？」

彼は私に手を伸ばしかけ、途中で引き戻した。触れてはいけないのだと思い出したように。

「そのために正式ではない王妃にした。愛妾ならば、殺す必要はない。それに、細心の注意は払っていた。私が手配したもの以外は口に入れさせないとか、贈り物は全てサラにチェックさせるとか」

狩りの時、私に他人がくれるものを口に入れるなと言ったことが思い出される。あれはこのことだったのか。

いいえ、それだけじゃないわ。サラがレイアからの香水を私に渡さなかったのも、もしかしたらそれが理由だったのかも。

「だから、アレーナを王妃に、妻にすることはできない。大国の姫君のようにバカ共が手出しができない相手ならまだしも、後ろ盾のないお前など、王妃の座についた翌日から狙われ続けるだろう。それでも…。それでも、あの時、我慢ができなかった」

彼の声は静かだった。

とても嘘や芝居とは思えなかった。

「お前が本当に他に代わりのない女だと思った。それでも手元に置くことはできないのだとも思った。いつか、この役目から解放し、平凡な、命のやりとりや汚い政治などとはかかわりのない男のところへ嫁がせるのがお前のためなのだ、と思った時に嫉妬したのだ」

「嫉妬？」

「いつか、お前を抱く男に」

「私にはそんな方は…」

「今いたら、私はきっとそいつを殺すだろう」

笑って言うことではないと思うのだけれど、彼は笑った。冗談なのね。

「王妃の座以外の報酬なら何でもやる。だからお前を手に入れたかった。お前の初めての男として、お前を抱きたかった。神に誓って言おう。欲望のために抱いたのではない。他の男に渡したくないほど、お前を愛したから抱いたのだ」

真っすぐに、彼は私を見ていた。

私も真っすぐに彼を見返した。

言ってしまおうか？

私が『誰』なのか。

でもきっと、信じてはもらえないわ。彼がもしも大国の姫だったら、という言葉を口にした後だから。そう言えば相手にしてもらえると思って嘘をついたと思われるに決まっている。

でも、これだけは、伝えたかった。

「私の悲しみは…、あなたに心なく求められたからです」

「すまなかった」

「心が通い合っているならば、『嫌』とは言わなかったでしょう」

「アレーナ…？」

自分から手を伸ばして、彼の手の指先に指先を重ねる。

「あなたを、立派な王だと思っていました。口は悪いし、意地も悪いけれど、立派な方だと思って心を傾けていました。だからこそ、あのような暴力を受けて、ショックだったのです。私は、あなたに報酬で身体を渡す娘と見られていたのか。あなたはそういうことをする人なのか。私は人を見る目もないし、あなたから顧みられる者でもなかったのかと」

「アレーナ」

指先だけ重ねていた手が、強く握られる。

「今も、私の立場に変わりはない。私はお前を妻にはできない」

手を握るだけで、それ以上はしなかった。

「金でも、宝石でも、馬でも、何でもやれる。それでお前をどうこうしようというのではなく、持てる者は何でもくれてやるという意味だ。だが妻にだけはできない」

「物は、何もいりません。ただ心を…」

「心？」

「私を本当に好きだという心だけをください。そうしたら…」

彼の顔が近づく。

「そうしたら？」

黒い瞳に私の明るい金の髪が映る。

「許します。全てを」

私の瞳にも、彼の黒髪が映っているだろう。

「妾妃でもいいというのか？　自尊心の高いお前が？」

「いつか、なるようになりますわ」

私は、いつか時を見て自分のことを教えるつもりでそう言ったのだけれど、彼はそれを違う意味にとった。

「そうだな。お前に後ろ盾などなくとも、お前を王妃にできるように、国を安定させよう」

でもその誤解は解かなかった。

「それまでは、今暫くこのままで我慢してくれ」

「あなたが私を愛してくれるのなら、我慢ではありませんわ」

さっきまで、自分は絶望の中にいた。

これからどうすればいいのかと、誰の妻にもなることはできないのだと思っていた。

彼に蔑まれているのだと、いつか飽きて捨てられるのだとも思った。悔しくて、悲しくて、自分が汚されたと嘆いていた。

けれど何という不思議。

ほんの少しの間に、私は幸福の絶頂へ引き上げられていた。

自分の好きな人が、自分を好きでいてくれる。

私が立派な方と思った人は、思慮深く、私のことを考えてくれていた。そしてその思慮深さをかなぐり捨てるほど私を求めてくれていた。

「アレーナ」

顔が更に近づき、軽く唇を当てる。

それで私の反応を見るかのように。

「お前を私の妻と思っていいか？」

「…そう思ってくださるのは喜びです」

「では…。今度こそちゃんと、お前の初めての男になりたい。奪うのではなく、お前からその称号を与えられたい。それは王と呼ばれるよりも難しいだろうが」

何と答えればいいか、わからなかった。

答えることが媚て誘っているように取られるのではないかと思って。

だから目を伏せ、小さく頷いた。

「私の初めての方は一人だけです」

と呟いて…。

連れ去られた彼のベッドでの行為は暴力だった。

けれど、今ここで、私の眠るベッドへそっと上がってくる彼にはあの時のような一方的な押し付けはなかった。

「惚れられても困るから、酷くした」

最初に私の手を取り、その甲に口付けた。

ダンスを申し込むように。

「だが今度は、時が来るまで逃げ出したりしないよう、惚れてもらわないとな」

乱暴なことや強引なことはしなかった。

「キスをしてもいいか？」

と、ちゃんと訊いてくれた。

「返事はしなくていい。嫌なら逃げてくれ」

唇を重ねるだけのキス。

柔らかな感触を押し当て、何度もそれを繰り返す。

舌を出して、私の唇を舐めるから、ビクッとして身を引く。

「少し、唇を開けろ」

「でも…」

「舌を少しだけ出すんだ」

言われた通りにすると、唇から零れた舌先に彼の舌の先が触れる。

とても、奇妙な感覚だった。けれどこの間舌を押し込まれた時よりもずっと『キス』という感じがした。

彼の舌は、私の舌先を舐めていたかと思うと、おもむろにそれを吸いあげた。

「ん…！」

驚いて声を上げたけれど痛みはない。

舌はゆっくりと絡み付き、吸い上げて口の中に含み、中で転がす。

「同じようにしろ」

と言われても…。どうやったらいいのかわからない。

何とか彼の舌を捉えて吸い付くと奇妙な感じだった。

柔らかく濡れた肉塊。

厚くて口いっぱいに入り込んでくるそれがゆっくりと口の中を荒らす。

息がしにくくて、呼吸が早くなる。

エルロンドの手が絡めていた指を解き、私の背に回る。

今夜は、ガウンもまとっていなかった。

ベッドに入っていた私が身にまとっていたのは、薄い夜着一枚だった。

背に回った手は、その薄い布越しにも熱く感じる。

「怯えるな。酷くしない」

手が、肩に上って前から下りてくる。

「あ……」

手の平は、私の胸の膨らみの片方を包むようにして止まった。

掴むようにした手は、そのまま動かず、キスだけが続けられる。

キスは舌を絡めたものから、彼が私の唇を弄ぶ、啄《ついば》むようなものになっていたが、意識は動かない手の方へ向いていた。

何もされていないのに、ずっとそこに『ある』という感覚が、むずむずとさせる。

でも自分から動かしてと言うこともできず、退《ど》かしてとも言えない。

キスが私を困惑させる。

激しく求められないことが、もどかしさを生む。して欲しい、というのではなく、するのではないの？　という戸惑いで。

そうこうしている間に、胸にあった手は結局何もせずに離れてしまった。

「あ…」

夜着のボタンとリボンが外される。

ゆったりとした服は、袖を通しただけの布と化し、大きく開かれることなく彼の手がその内側へ入り込む。

さっき布の上から触れていた手は、直接私の胸を掴んだ。

掴んだまま、指先だけで胸の先を弄る。

軽く引っ掻くように。

同時に唇を重ねて舌を絡めるキスが終わり、彼の唇が頬から顎へ滑ってゆく。

「あ…。や…」

包み、捧げ持ち、先を弄り、優しく揉む。

自分の見ていない場所で、彼の見えない場所で、私の胸が彼に触れられている。

「…っ、ん…」

感覚だけがその行為を伝える。

「エル…ロンド…。いや…」

「何が？」

「そんなに…、そこばかり…」

「私に触れられることを拒否しないんだな？　では遠慮せずにしよう」

両手で肩を押さえられ、夜着の肩を落とされる。

「あ」

簡単に布は消え、剥き出しの上半身が現れる。

慌てて両手で胸を隠したが、それを許しながらも手から零れた場所に彼のキスが降る。

「や…」

くすぐったいような、甘い感覚から逃れるように身体を捩って彼に背を向ける。

エルロンドの手は、背後から私の手を剥ぎ取った。

「アレーナ」

肩を咬《か》まれ、名を呼ばれる。

それは私の名前ではないけれど、彼が『私』の名前を呼んでいるのは伝わり、心が震える。

「ただお前に私を刻み付けたかっただけの先日とは違う」

露《あらわ》な胸を隠そうとする私と、それを止める彼。

「だから抵抗するな。私に任せるんだ」

私は、その言葉に負け、手から力を抜いた。

エルロンドが気づいて捉えていた手を放す。

「こちらからは見えないから、安心しろ」

と言いながら、胸に触れる。

この人は嘘つきだわ。

私より大きな彼は、視点が高い。上から覗き込めば、全て見えているだろう。

大きな手が、私の乳房を揉むのを。

長い指が、乳首を弄るのを。

まるで内側から湧き出す感覚が胸の中で膨らんでいるように、乳房が張る。

「あ…。だめ…っ」

身体の芯で、何かがじわっと染み出てくるような気がした。

染み出したものは、私の肉体の隅々にまで広がってゆき、感覚を融かしてゆく。

「だめ…っ」

彼が摘まんでいる私の胸の先には特に、その感覚が集まっていた。

力で奪われたあの夜も、これは感じた。

快感。

そう呼ぶべきものだ。

けれどあの時は執拗に攻められ、無理に引き出されたものだった。自分ではそれを『気持ちいい』とは認めたくなかった。

でも今は違う。

溢れ出てくるものが止められない。

その感覚に、溺れてゆく。

「ああ…ん…っ」

堪らなくなって、私はそのまま背後の彼に寄りかかった。起き上がっていられずに、そこへ倒れ込んだのだ。

力が抜け、彼の手に翻弄される。

もはや、私の胸は彼の玩具だった。

好きなだけいじられ、遊ばれている。

呼吸が熱っぽくなり、喘ぎとなる。

「綺麗だ、アレーナ」

彼のキスが耳に与えられる。

耳の裏にも、首筋にも、肩にも、与えられる。

口づけられた場所から花が開くように、快感が生まれる。

エルロンドは、そっと私を横たえた。

たくさんの枕を積み重ねた上に、宝石を置くようにそっと。

それから抵抗する力を失った私の胸にも、キスを与えた。

「あ…っ！」

舌が、胸の先を転がす。

唇が触れなかった方は指がまだ弄んでいる。

「いや…。いや…」

「もう止まらないぞ。お前は私を受け入れたのだ」

「あなたが…、嫌なのじゃないわ…」

「では何だ？」

「これが…。この感覚が…」

「感じてしまうのが嫌なのか？」

口に出されて顔が熱くなる。

「当たったようだな。だがそれはそのままでいい」

「でも…」

「もっと蕩《とろ》けて、ここが濡れなくては」

彼の指が、お腹からお臍《へそ》を通ってその下へ向かう。

「だめっ！」

柔毛を弄び、その奥へ。

「もう、少し濡れてるな」

彼の言葉に恥ずかしさが募る。

「肉が柔らかく濡れている」

「言わないで…」

「女はここがいいそうだ」

指は濡れた場所ではなくもっと上を探った。

分け入って、肉を剥き、敏感な部分に触れる。

「……ひっ」

その瞬間、感じたことのない衝撃が走り抜けた。

「や…、何…っ？」

指がそこに留まり、グリグリと押す。

強い力ではないのに、痛むように痺れてくる。

いじられ続けると、身体の内側から露が溢れてくるのがわかった。

「やあ…っ。だめ…っ、そこは…」

身悶える私の目の前で、彼が笑った。

意地の悪そうな笑み。

いいえ、目的を遂げたことを喜ぶ、嬉しそうな男の笑み？

「アレーナ」

笑みを浮かべたまま、彼が重なる。

「私で悦んでいる姿は格別だ。拒否ではなく、混乱ならばいくらでも声を上げろ。快楽ならば幾らでも聞かせろ」

「いや…、いや…」

「いつも強気なお前が、そうやって切なく呻《うめ》く姿が愛しい」

エルロンドの手が、私を苦しめる。

「私の前だけで見せるいじらしさに酔いそうだ」

それはとても甘美な苦しみだった。

「お前が欲しい」

気持ちはいいのにもどかしさに耐えさせられる。もっと先が欲しいのに我慢させられている。

そんな贅沢な苦しみ。

「エルロンド…」

「お前を手に入れたい」

夜着の裾が開かれ、彼が脚の間に身を置く。

「奪うのではなく、求められたい」

この間と同じように。

彼が、私と繋がるのだ。

また彼が私に入って来るのだ。

蕩けていた身体が、緊張で硬くなる。

「求めてくれるな？　私が欲しいと思ってくれるな？」

答えられずにいると、指が溢れる蜜の真ん中に差し込まれた。

「あ……っ」

つぷり、と中に身を沈めてゆく。

「求めてくれるまで、ずっといじめ続けるぞ」

「そんな…、酷い…」

「お前の言葉が欲しいのだ。私の耳には、アレーナの繰り返した『いや』という声がこびりついている。あの時は、これが最後だろうからとそれすらも愛しかったが、お前が私を愛しているというのなら、あの声を塗り替えて欲しい」

私がこの行為に溺れていることはもうその指で確かめているだろうに、彼は言った。

「王という権威など怖くないと言ったその口で、私を愛しているから欲しいのだと言って欲しい。お前の言葉なら、信じられる」

自分がそうだから、私にはよくわかった。

『王』とか『王家の人間』という立場は、時に他人を信じられなくする。

相手が自分自身を見ているのか、それとも頭上の王冠だけを見ているのか、わからなくなってしまうのだ。

王として付き合っている人間ならばそれでいい。家臣とか、外交上の親交とか。

けれど個人としての友情や愛情は、『自分が王家の人間でなくても同じことを言ってくれるのか？』と疑うことが怖いのだ。

彼も、多くの女性に言い寄られただろう。

真摯に心を寄せてくれた人もいただろう。

でも信じることができなかった。だから、偽物の王妃を求めたのだ。

「王の求めに、自分の命をかけて拒んだお前なら、本当の言葉をくれるだろう？」

私は、彼が王であることを素晴らしいと思っている。

彼は王であるべきだと思っている。

「あなたは…、素晴らしい王様だわ…」

私を苛めていた指が止まる。

「尊敬する王よ」

「…アレーナ」

咎めるような声の響き。

けれど続きがあるの、聞いて。

「でも、王様にだって私は自分を差し出さない。…嫌なことは嫌だと言うわ。私は…、自分が愛しいと思った人にしか、自分を差し出したりしない」

「では…」

私は震える腕を彼に差し伸ばし、その身体に触れた。

「私がここにいるのは…、ここに来たのは…、あなたに会うためだと思いたい」

お父様の政治の道具として、遠い国の老人に嫁がされることから逃げてここに来たのではなく、これほど愛しいと思える人に会うためにここへ来たのだと。

「エルロンドが…好き」

私は、自分の運命をこの手で掴み取ったのだと。

「あなたが、とても好き」

あなたを愛しているのだと。

もう、疑うことはないでしょう。

「あなたを…、夫と呼ばせてください…」

「アレーナ」

ただ一つの不満は、あなたが私の真実の名を口にしてくれないことだけ。

けれどそれもそう遠くない日に解決するでしょう。

あなたが私に感じている『王妃にはしてやれない』という負い目も。

「私の妻は、お前だけだ」

激しい口づけをくれて、彼は私を抱き締めた。

まだまとっていたシャツを脱ぎ捨て、私の脚を取り、秘めた場所を晒させ、再び指を差し入れる。

もうすっかり柔らかくなってしまった場所を暫く嬲り、もう十分と見て取ると、己を近づけた。

「見ろ」

『彼』が当たる。

「私達が繋がるところを」

肉を割って、彼が入ってくる。

「あ…、いや…」

見ろ、と言われても視線を向けることはできなかった。

でも入って来る彼は感じた。

肌が擦れるのとは違う、もっと密着したものが擦れ合う感覚。

「あ……あ…っ」

迎え入れるように、彼にしがみつく。

エルロンドは私を包み込み腰を進めた。

符丁《ふちょう》が合うように、私と彼とが一つになる。

動く彼の身体に揺らされ、彼を受け入れた場所がまた擦られる。

奥を突かれて、身体が燃える。

ああ、あれはやはり愛し合った行為ではなかった。あの時彼に愛があったとしても、彼はそれを渡すつもりはなく、私にもそれが見えなかった。

けれど今は違う。

彼が私を傷つけないようにゆっくりとした動きで私を開いてゆくのも、それを焦れったいと思うほど彼を求めるのも、前にはなかったこと。

「お前の中は柔らかく温かい」

「エルロンド…、エルロンド…」

「これを味わうのは私だけだ」

乱れて、汗ばむ額に張り付いた私の髪を、彼がかき上げた。

指に絡んだ金の髪が指輪のように見える。

「エルロンド…」

彼の身体を、私の全てが感じていた。

今髪をかき上げてくれた手も、私の胸を押し潰す筋肉質の胸も、力が入らない指で必死に掴む肩も。あちこちに降る繰り返す接吻けも。密着し、擦れ合う柔毛も、しっとりとした肌も。

自分では触れることのない身体の内側で、私の蜜を纏って動く彼の硬いものも。

「ああ……」

全てで、私は彼を感じていた。

ズキズキと疼く、繋がった場所。

苦しいほど早鐘を打つ心臓。

私達は愛し合ってると実感させてくれるもの全てが愛しい。

「あ…！」

求めて、求めて、それが十分に与えられる喜びが、身体の奥底から波のように押し寄せてくると、彼を迎えた場所がぎゅっと収斂《しゅうれん》した。

「いや…っ、だめ…っ。くる…っ！」

波が来る。

私をさらってゆく。

「愛してる」

私を娘から女へと、遠く押し流す。

「あぁ……」

その波が、私の内側で飛沫を上げると同時に、意識が飛んだ。

快感の中へ飛び込むように……。


甘い夜を過ごした後、彼は名残惜しみながら自分の寝室へ戻って行った。

朝まで一緒にいたい、目覚めたばかりの私の顔を見てみたいと言ったけれど、自分達の関係をユリウスやサラにはまだ知られない方がいいから、と。

去ってゆく彼に寂しさは感じたけれど、それを恨むことはなかった。

もう、彼を疑うことなど一つもなかったので、それが正しいことなのだろう思った。

共に朝を迎えることだって、ほんの少し我慢すれば叶うことだもの。

翌朝になると、わざわざ廊下から私の部屋を訪れ、二人きりで朝食を摂ると言ってサラを下がらせた。

ケンカの仲直りの芝居だと言って。

「正直に言っておこう。ユリウスはお前を王妃とすることを歓迎はしないだろう」

「どうしてですの？　彼が私を連れてきたのに」

朝食を終えても、まだ人を呼ばず、二人で並んで座ってお茶を飲む。

以前は向かい合って座っていたのに、彼は私を腕の中にしっかりと捕らえたまま逃がしてくれなかった。

「あれは真面目だが、真面目過ぎる。彼にとっての最高を私に捧げたいと思っているのだ。つまり、権力と金を持って、私を支えられる立場の女、だ」

「でもサラは歓迎してくれると思いますわ」

「個人としてはそうかも知れないが、兄には弱いだろうな」

かもしれない。

彼女は私のことを報告することが仕事なのだし。

「偽の王妃としては申し分ないと思っても、真実の王妃としてはどう出るかはわからない。私はユリウスとの信頼にヒビを入れたくはないのだ」

「だから私に我慢しろ、と？」

意地悪く言うと、彼は私のこめかみにキスをした。

「それができると思っている」

キスも、その信頼も、嬉しい。

「かまいませんわ。誰かに伝えないからと言って気持ちが変わるわけではありませんもの」

私たちの関係は、劇的に変化した。

二人の間には、愛情と信頼がある。

「でも、あまり一緒にいられないのは残念だわ」

「そんなことはないさ」

「残念ではないの？」

「そっちじゃない。一緒にいられないということはないという意味だ」

どういう理由をつけて？　という目で見ると、彼は笑った。

「お前は頭がいい。だから、それを必要としていると伝える」

「私はさほど頭がいいとは…」

「謙虚という言葉も知っているし、無欲だな。以前、お前はサラとローウェルのことについて話をしたと言っただろう」

突然自分の国の名前が出て、少しドキリとする。

「…ええ」

「ああいうことを、お前と話したいのだ」

「私と？」

彼は頷いた。

「この国では、私が何でも相談できる人間がまだ少ない。お前にはわからないだろうが、王の言葉には責任という重みがあり過ぎる」

わかっているわ。だからお父様はあまり直接お言葉を他人に差し上げなかった。いつも誰かを間に挟むようにしていた。

けれどそれは言えないので、彼の話に耳を傾ける。

「誰かを悪く言えば、その者は失望し、よく言えば高慢になる。失態に気づいてそれを口にすれば反省よりも先に罪を問われるだろう。もしも私が『新しい道を作るならどこがいいか』と尋ねると、それを聞いたものは自分の領地にとって都合のよい場所を選ぶ。皆王が怖いし、王から利益を引き出そうとする。だがお前にはそれがない」

「それをユリウス様に信じてもらえるかしら？」

「お前には領地がないし、宮廷で引き立ててもらいたい親族もいない。何より他国人だ。利害関係がないから話し易いのだと言えば信じるだろう」

「そうね。それは確かに」

「とはいえ、お前に細かい政治の話はわからんだろうから、愚痴を零す相手だとでも言っておこう」

「わからなければ勉強しますわ。だって、あなたの国ですもの」

「これからはお前の国でもある」

その言葉に、胸が熱くなった。

この人は、本当に私のことを考えてくれているのだと。

「夫婦としての時間についても、閨にあの二人が踏み込んで来ることはないだろうから、そちらも問題ないだろう。誰もいなくなってから、あの扉を使えばいいだけだ」

「エルロンド」

謹みのない言い方だと、咎めるために名を呼ぶと、彼は変な顔でこちらを見た。

「…名前を呼び捨てられるのは久しぶりだ」

「失礼いたしました陛下」

失礼だと思われたかと謝罪したが、彼はそうではないと首を振った。

「そう呼ぶ人間ができたことが嬉しいのだ。だが、それはこの部屋の中だけにしろ」

「はい」

「これからはアレーナをもっと公式行事に参加させる。既成事実を作ってしまえば、ユリウスも反対できんだろう。既に、お前には味方もいるようだしな」

「サラ？」

「他にもいる。先日お前の示した勇気に打たれた者達が、お前と会いたいと、何時会えるのかと待っているようだ。女達だけではなく、操馬に一目置いた馬好きの者もいるようだ。そちらは私の耳には届かないがな」

まあ、そんな人がいるなんて。

「届かないのに知ってらっしゃるの？」

「ユリウスが聞いている。私に言えば嫉妬から煙たがられると思っているのだろう。事実、あまりお前に興味を持つ男が出るとシャクにさわる」

「まあ、またそんなことを」

「アレーナの魅力に、皆が参ってゆくのだな」

優しい眼差し。

「褒め過ぎですわ」

見つめられるだけで恥ずかしくなる。

「私が私の妻を褒めるのに、過ぎることはないさ。さ、そろそろ閣議があるから行かねばな」

「お仕事、頑張ってくださいませ」

「明日からまた地方へ行く。不在は寂しいだろうが、今度は土産を買ってきてやろう」

「あなたがご無事で戻られることが何よりですわ」

「よい妻だ」

抱き締めて、口づけを交わして、彼は立ち上がった。

誰にも知られなくても、私達は真実の夫婦なのだ。

彼の背を見送りながら実感した。

私はとても幸福だし、これからもっと幸福になるだろう、と。


それからの日々の何と充実したことか。

愛する人と心を通わせ、自分のするべきことを与えられ、優しい友人と語らう。

朝、起きてエルロンドと共に食事を摂り、彼を見送ってからはサラと勉強をしたり他愛のないことを語らったり。時にはサロンへ出ることもあった。

エルロンドは、あれだけ派手な騒ぎを起こしたのだから私を隠しておくのは無理だとユリウスを説得し、パーティにも参加させた。

ただ、あまり他の者と親しくならないように、とユリウスに厳命された。

「陛下がいつか正式な王妃様を迎える時に、あなたの影が色濃く残っては困ります」

ということで。

私自身も外国の賓客と会うことは避けた方がいいだろうと思っていたので、それは忠実に守ることにした。

もちろん、間に入るのはサラの務めなのだが、意外な人が近づいてきた。

レイアだ。

「心から謝罪しますわ。あなたは陛下の一時の寵愛だけが頼りの娘ではなく、確かに陛下に認められた女性なのだと。あの時、誰もがおろおろと戸惑う中、あなただけが私のために動いてくださった。危険をおかしてまで、助けにきてくださった。その後にも、それをひけらかすことも、私に強く出ることもしませんでした。あなたがたとえどのような身分であろうとも、私は自分の恩人を悪し様に言うような愚か者ではないと覚えていてください」

サロンで話しかけてきた彼女は、私にそう言った。

「陛下があなたを正妃として公にしらしめないのは事情があるからでしょう。そのことは認めます」

気の強い方だけれど、潔い方なのだわ。

そして彼女の歩み寄りは、私が思っているよりも大きな事件だった。

彼女の父親、エルドワン侯爵は強大に権力を持ちながら、反王派と親王派の狭間に立つ方で、侯爵の出方を皆が見守っていたのだ。

そのエルドワン侯爵の娘、王妃の座を狙っていたと噂されるレイアが私に近づいたことで、エルドワン侯爵自身が親王派と思われることになったからだ。

そのことで、国内は一気にエルドロンド派に傾いた。

エルロンドが私を相談役とすると言ったことで、私に入って来る情報量が増えたので、知ることができたのだ。

「一番危ういのは、外腹の弟君ですわ。歳が二つ下で、お母様は有力貴族の娘なのです。ですからそれなりにお力がおありで。次が陛下の伯母様のナスタス公爵夫人」

もちろん、情報源はサラだ。

エルロンドからユリウスに許可が出て、ユリウスからサラに許可が出たというわけだ。

「夫の公爵ではなくて、伯母様自身なの？」

「ええ。こちらは何とかして自分の影響力を王家に残したくて、お見合いだの部下などを推挙《すいきょ》なさるんです。それから前王の時に権力を手になさった有力貴族。王族でなければ王位は継げませんから、自分の家から花嫁を出したいのです」

「では私は邪魔者ね。命も狙われているのでしょう？」

エルロンドから聞いたのでそれを口にすると、彼女は難しい顔をした。

「表だってということはありませんが、以前ナスタス公爵夫人が連れていらした花嫁候補の方が突然の病でお倒れになって、もしかしたらと思っております。その時に周囲の方から病弱な娘はよろしくないと、夫人は随分責められたらしいですわ」

だから私にもそういうことを言ったのね。

自分が身体の弱い娘を連れてきた時は責められたのに、勝手に連れてきた娘はそれでもいいと言われるなんて、と。

「それで、エルロンド…様のお立場は？」

つい呼び捨てにしてしまいそうになり、慌てて『様』を付ける。

だが彼女は気づかなかった。

「今は良好です。ご自身で視察に出掛け、市井《しせい》もよく見てらっしゃいますし、浪費も色事もなさいませんから」

「でも権力争いは激しい、と…」

「ええ」

「もしも、陛下が大国の姫を娶られたらどうかしら？　たとえばローウェルの姫様とか」

「それはもちろん、素晴らしいことですわ。ローウェルの姫様を押しのけて自分の娘を、とは言い難いですし、ローウェルの後ろ盾が手に入れば義弟君《おとうとぎみ》も自分の方が相応しいとはいえなくなりますもの。でも、よろしいんですの？」

「何が？」

問い返すと、彼女は複雑な顔をした。

「…陛下が他の方を娶られる話など」

私の気持ちに気づいていたのね。

「『アレーナ』は偽物の花嫁ですもの」

敢えて、『私は』とは言わなかった。偽りの名前では彼の妻にはなれない。私が公に彼の妻になる時には、『メルア』でなければ。

「そうですわね。とても…、とても残念ですけれど」

優しいサラ。

私が平民の娘だと思っていても、そんな言葉をくれるのね。

「エルロンド様の治世が安定して、国民が幸せになることを考えましょう。私、いい考えがあるのよ。川の治水工事の時に、川幅を広げて輸送路にしてはどうかしら？　ただの護岸工事よりはお金がかかるけれど、それで奥地と交易が盛んになれば、港で税収を上げられるでしょう？」

「まあ、そんなことまでお考えに？　でも大型の船を建造するにはお金が…」

「商人に作らせればいいのよ。船の使用を許可制にして、大型の船の方を安くするの」

これはカリアの貿易船がローウェルを通る時に行っていることだけれど、そこは秘密にしておいた。あまりローウェルの事情に詳し過ぎるのも怪しいので。

「お兄様に進言してみますわ」

サラと話をすることも楽しいけれど、エルロンドのことを知るのも、彼の役に立てることも嬉しかった。

夜には、エルロンド本人があの扉を開けてくれる。

彼が私の部屋へ来るのではなく、私が彼の部屋へ招かれるために。

私の部屋で会っていると、痕跡がサラの目に止まって、二人の関係が知られてしまうかもしれない。けれど彼の部屋でならば、彼の部屋に出入りする人間は私達が夫婦だと思っているので気にもかけないだろう。

夜だけの、本当に二人だけの時間。

エルロンドは、今手掛けている仕事の話をしたり、自分が身分を隠して視察に出た時のことを話してくれた。

何と、正体を隠して雇われの剣士をしたり、人足になったこともあるそうだ。

彼の方も、私に色々と尋ねてきたが、私には話せることがない。

何を言っても、自分の正体を明かすことになってしまうので。

「あなたが私を本当の妻にしてくださるまで秘密です」

「それは狡《ずる》い」

「秘密があった方が、女性は魅力的でしょう？」

「私がお前について知っているのは、僅かしかないのだぞ？」

「想像も楽しいでしょう？」

彼は不機嫌な顔をしたけれど、こればかりは譲れない。

「あなたは私が何者でも愛してくださるのではなくて？」

「それはそうだが…」

「では、いつか全てがわかる時を楽しみにしてくださいませ」

彼は、私を抱き寄せて口づけた。

時にはベッドの中へ連れて行った。

蕩けるようなあの感覚を何度も味わわせ、彼の名を呼ばせた。

私の全て、もう余すところなく彼のもので、それが私の喜びだった。

「今度、大きな催しがある。その時にお前を王妃として客の前に出すから、美しく装え」

「もう既にやっていることですわ」

「あのベールも、そろそろ取るといい」

「それは嫌」

「何故？」

「それも、私が正式に王妃になった時のお楽しみですわ」

「中途半端な状態を責められている気がする」

「そういうわけではありませんけれど…。まだあなただけのものでいたいのです」

「…仕方ない。他の男がお前に見とれるのを防ぐためと思っておこう」

毎日が楽しく。

時間が過ぎてゆくのを忘れる。

自分の両親に、私が無事であることを知らせるのも、彼に真実を告げるのも後回しにして、この喜びにどっぷりと首まで浸かっていた。

『アレーナ』としての日々に、彼のくれるキスに、酔いしれていた。


「今日の催しが何であるか、誰も教えてくれないのよ？」

新しいドレスは、淡い薄紅のものだった。

レースを幾重にも重ねた特注品だ。

顔を覆うベールも、薄紅で揃えた。

不思議なもので、このベールもすっかりおしゃれの一部として定着し、最近は他の方も真似たりしている。

「あなたも教えてくれないのでしょう、サラ？」

「すぐにわかりますわ」

「そんなに素敵に微笑うのだから、意地悪というわけではなさそうね」

「意地悪だなんてとんでもない。ちょっと驚かせてみたいだけですわ。さあ、参りましょう」

サラは白に、薄いグリーンのリボンが素敵なドレスを着ていた。

彼女のも新しい一着で、嬉しそうにずっと笑っている。

今日は、朝から城内もざわついていた。

表庭に職人が出入りし、テントを立てているのに気づいていたから、ガーデンパーティなのかしら？

彼女に案内されて通路を通り、表の庭へ出ると、そこには多くの貴族達が集っていた。

整然と並んでいるのではなく、散策を楽しむように。

色とりどりのテントが立てられ、その下で椅子に座ってくつろいだり、飲み物を戴いたりしている。

「もっと奥ですわ」

それを眺めながら今まで脚を踏み入れていないほど奥まで進むと、突然開けた場所へ出た。

「まあ…。こんなものがあるの、初めて知ったわ」

そこはちゃんとした観客席が作られた馬場だった。

「本日は、陛下主催のレースなのです」

「レース？」

「はい。皆、自分達の自慢の馬を連れての参加ですわ。一番の者には素晴らしい賞金が与えられますの。それに…」

サラが説明を続けている時、背後から大きなものが覆いかぶさってきた。

「アレーナ」

エルロンドだ。

「陛下、はしたないですわ」

「お前を見たら抱き締めずにはいられないのだ」

その言葉が芝居だと思っているから、サラは笑っている。私は真実だと思うから、ちょっとくすぐったい。

「さあ、こちらへ来い。私達の席はあちらだ」

手を取られ、先へ進む。

「馬は好きだろう？」

「はい。ネージュは？　レースに参加しますの？」

ふっと見ると、サラは見知らぬ殿方に手を取られていた。

蕩けそうな笑顔。

誰？　と訊かなくてもその人がサラの許婚であることはわかった。

「他の男に目を奪われているな？」

「あの方は、確かシュミット伯爵でしたわね？」

「ああ」

「サラの許婚？」

「そうだ。彼の母上の喪が明けたら結婚する。その時には私も祝ってやろう。お前の大切な友人だからな」

「まあ、陛下。とても嬉しいお言葉ですわ」

彼の優しさに顔がほころぶ。

「喜んだところで、私達の席へ移ろう。サラも今日は放っておいて欲しいと願うだろうしな。ネージュは第三レースに出すぞ」

彼は近くにいた者からレース順の書かれた紙を受け取り、私に渡してくれた。

「ここだ」

第三レースに、確かにネージュの名前がある。

「応援しなくちゃ」

コースの、最後の直線距離の部分に作られた大きな観客席は、ボックスの席になっていて、私達以外にも着飾った男女がいるようだが、仕切りがあって見えなかった。

低い仕切りだが、座ってしまうと丁度目線の高さだったから。

「さあ、始まるぞ」

大きなラッパの音が鳴り響く。

「第一レースの見所は、グノー伯爵の持ち馬のエリゼ号だな」

どうして、皆が私にこのレースのことを黙っていたのか、この時私は想像もしなかった。

「あの黒い馬ですか？」

「そうだ。よくわかったな」

「毛つやが一番いいですもの」

少しでも考えていれば、もっと警戒していただろう。

「レースを見飽きたら、庭を開放しているから散策すればいい」

「それを許してくださるの？」

「褒美だ」

彼が、『褒美』と行ってくれた意味も、わかっただろう。

レースは、午前中に六回、午後に五回行われるということだった。二回のレースの後、馬場の整備のために休憩が入り、その間にあのテントを利用する。

テントはそれぞれ違う飲み物などが用意されていて、昼食時には食事も出されるそうだ。

馬はどれも素晴らしく、レースは見応えのあるものだった。

一つのレースが終わるごとに、彼の前に優勝馬が連れてこられ、観客席の前を歩かせる。

ゆったりとした勇姿を披露する姿が間近で見られるのは王妃の特権だ。

途中、レイアが挨拶に来たのでエルロンドに断ってから席を外し、奥のテントで冷たいジュースをいただいた。

「私もレースに出るのよ」

「まあ、あなたが？」

「アレーナ様が出走なさらないのは残念だわ。今度こそ腕前に決着がつけられたのに」

彼女は相変わらず強気だったけれど、もうすっかりいいお友達だ。

「私はレースがあることをここに来てから知らされたのですもの、無理だわ」

「まあ、どうして？」

「驚かそうとしていたみたい」

「そう。…不思議ね」

「不思議？」

「このレースはあなたが発案者だと聞いていたのに。でもだからこそ驚かすつもりだったのかしら？」

私が発案者…。

「…あなた。素性を誰にも明かしていないそうだけれど、外国の貴族の娘ね？」

「え？」

「立ち居振る舞いでわかるわ」

にこり、と彼女は笑った。

さすが、と言うべきかしら。

でもレイアはそれ以上は突っ込んでこなかった。

「あちらのバラのアーチはご覧になった？」

「え？　いいえ、まだですわ」

「見事でしたわよ。昼食の時には込み合うでしょうから、今のうちに見にいらしたら？」

「ええ。ではお勧めに従って、見てから席に戻ることにしますわ」

「レースの時は私を応援してね」

「ええ、必ず」

彼女はそのまま一人でパドックの方へ消えた。

なるほど、だから彼女はドレスではなく乗馬服なのね。

本当に、教えてくれれば私も出走したかったのに。

ネージュに乗れれば、私も勝てたかもしれないわ。

まだ次のレースが始まっていないようなので、私はレイアの教えてくれた方向にゆっくりと歩き出した。

戻ったら一人で歩くことはできないだろうし、昼食の時には人が多くなると聞いたので、今行ってしまった方がいいだろう。

まばらな人影。

皆、空いているうちにテントの飲み物に向かっているのだろう。私にはきっと席がもうけられているだろうから、それは気にしなくてもよさそうだ。

「素敵」

薔薇の生け垣で作られた通路のところどころに作られた薔薇のアーチがある場所に来ると、私は思わず声を上げた。

甘い香りも漂い、とても素敵な場所だ。

まだまだ私はこの城で見ていない場所がたくさんあるようね。

でもこんな素敵な場所なら、後でエルロンドと一緒に歩きたいわ。

そう思って踵を返した時、ベールを付けていた帽子がアーチから伸びていた小枝に引っ掛かった。

「あ……！」

ピンで止めていた帽子が、コロコロと転がる。

「いけない」

慌ててそれを取ろうとすると、帽子は男性の足元で止まった。

顔を見られた？

ハッとしてその人を見上げた途端、私は息を呑んだ。

「メルア…」

金の髪の懐かしいお顔。

「クロウリー兄様…。どうしてここへ…」

それは私の兄上、ローウェルの第一王子であるクロウリー兄様だった。

その瞬間、私は理解した。

どうして、皆が私を驚かそうとこの催しを秘密にしていたのか、エルロンドが褒美などと言ったのか。

私が提案したからだ。

兄様は馬がお好きだから、レースを開いてお招きすればいい、と。そして彼はそれを実行したのだ。

「それは私のセリフだ。どうしてお前がエステアの王宮になどいるのだ」

兄様は歩み寄り、私の手を取った。

「皆がどれだけ心配していると思っている。一体何があったんだ？」

「それは…」

「すぐに私と戻ろう」

「できません」

「何故だ。一体どうして…」

「そこで何をしてらっしゃるのです、クロウリー殿」

何て間の悪い。

生け垣の通路の向こうから姿を見せたのは、エルロンドだった。

「お願い、何も言わないで。後でお話しますから」

「メルア」

「その名も伏せていてください。夕食後にまたここでお会いしましょう」

小声で兄に囁いている間にも、エルロンドは近づき、兄様の手から私の帽子を奪った。

「できればその手を放していただきたい。彼女は私の妻だ」

低く不機嫌な声。

「妻？」

「我が国の王妃、アレーナだ」

「しかし…」

「確かに、まだ正式に挙式はしていないが、彼女は私の愛する人だ。どうか口説かれるなら他の女性に願いたい」

兄様は複雑な顔をして私を見た。

どういうことなのか、と目が語っている。

「帽子が薔薇に引っ掛かって落ちたのを拾ってくださっただけですわ」

彼の手から帽子を受け取って被り直す。

「…こちらは、ローウェルの王子、クロウリー殿だ。今日の主賓として招いた。クロウリー殿、彼女は私の妻のアレーナ」

確認するように、彼はもう一度繰り返した。

「アレーナ…殿」

「アレーナ、次のレースが始まる。お前がいないと困るので迎えにきた。席へ戻るぞ」

私の腕を取り、その場から引き離す。

「ではクロウリー殿、また後ほど」

挨拶の言葉は口にしたけれど、非礼とも思える早さで歩きだす。

「帽子を外すな」

「外したわけではありませんわ。本当に引っ掛かって…」

「何故こんなところへ来た」

「レイア様が、薔薇のアーチが美しいからと教えてくださって。でも後であなたと歩いた方が楽しめそうだと思って戻るところでした」

「あの男と何を話していた？」

「話すだなんて、お会いしてすぐにあなたがいらしたから、挨拶もできませんでしたわ。後でお詫びしないと」

「詫びる必要などない」

「今日のお客様でしょう？　それに、大切な交渉がおありになるのでは？」

彼は足を止め、私を見下ろした。

「晩餐会の時に挨拶をすることは認めよう。だがそれ以外であの男とは会うな」

「エルロンド」

「お前は私の妻だ。そうだな？」

「もちろんですわ。あなた以外の方を夫とは呼びませんせん」

「…うむ」

彼は私を強く抱き締めた。

「お前は私のものだ。忘れるな」

「忘れたりしません」

彼は、その言葉を信じて手を放してくれた。

「席へ戻ろう」

軽い口づけをくれて。

だが…。

私の心の中は不安でいっぱいだった。

兄様に見つかってしまった。

私がここにいることを知られてしまった。

兄様は何と思っただろう？

私がここへさらわれてきたと思ったりしないかしら？　エルロンドを悪く思ったりしないかしら？

確かに、私は自分で望んでこの国に来たわけではない。

でももう今は、身も心もエルロンドの妻なのだ。

そのことをわかってもらわないと、国に連れ戻されてしまうかもしれない。

国へ連れ戻されてしまえば、私はエルロンドの妻ではいられなくなるだろう。悪くしたら、そのままゴートの国王の元へ嫁がされるかも…。

それは嫌。

何とか兄様に話をしてわかっていただかなくては。

私はこの国で幸せなのだと、エルロンドを愛しているのだと。

観覧席に戻ってレースを観ている時も、ずっとそのことばかり考えていた。

「レイア様に応援をお願いされましたわ」

兄様を説得して、味方になっていただかなくては。

「すっかり仲がよくなったな」

兄様からお父様を説得していただいて、正式に私をこの国に嫁がせてもらわなくては。

「ええ。いい方ですわ」

そうよ、これはチャンスなのだわ。

兄様が私を妹だとちゃんと紹介してくだされば、エルロンドも私の言葉を疑ったりはしないだろう。

そうしたら、私も兄様にエルロンドと同盟を結ぶようにお願いできるかもしれない。

夜になったら。

もう一度兄様にお会いしたら。

ちゃんと全てをお話ししよう。

そうしたらきっと全てが上手く行く。

祈りに近い願い。それにばかり囚われて、私は静かに向けられるエルロンドの視線に気づかなかった。

彼がこの時、何を疑っていたのかも、気づくことはできなかった。


午後のレースを観ている時、私は気づいた。

兄様が一人で他国へ来るわけがない。しかも外交交渉を兼ねているのならきっと随行者は私も知っているような重臣達だろう。

「エルロンド…。私、ちょっと目眩が…」

「アレーナ？」

「日に当たり過ぎたみたい。部屋で休ませてもらってもいいかしら？」

「もちろんだ。大丈夫か？」

「ええ…。部屋で横になってきてもいいかしら？」

「誰かに送らせよう。待っていろ」

「ごめんなさい」

晩餐会に出ることはできない。

エステアの者は、ローウェルが何かを企んで私を送り込んだと思うかも。ローウェルの者は
晩餐会に出てもし誰かが私に気づいたら、大変なことになってしまう。

エステアが交渉のために私をさらったと思うかも。

一番心配なのは、国としてではなく、エルロンドが個人的に私を誘拐して無理に妻の座に据えたと思われることだ。

今夜、兄様に事情を説明するまで、私が『メルア』であることを誰にも知られるわけにはいかないのだ。

一足先に部屋へ下がらせてもらった私は、具合が悪いからと言って、そのまま着替えると

ベッドへ入った。

侍女達は心配してくれたけれど、日に当たり過ぎて目眩がするだけだからと、皆を下げた。

何とかして、夜にここを抜け出す方法も考えないと。

兄様も来賓としていらしているのだから、長く抜け出すことはできないだろう。

なるべく手短に、そして簡潔にお話ししなくては。

少なくとも、城から出たのは私の意思だということだけでも伝えないと。

晩餐会の前に、エルロンドは私の様子を見にきてくれた。

「具合はどうだ？」

心配そうな彼に、申し訳なさが先に立つ。

「ええ。まだ目眩が…。正式な席で倒れたら、問題だから、今日の晩餐会は欠席させていただいた方がいいと思うの。私はまだ正式な王妃ではないし…」

「正式な王妃だ。お前は私の妻なのだから」

「でもユリウスは私が外国のお客様に『王妃』と紹介されるのを反対すると思うわ」

彼の名を利用するのは気が引けるけれど、エルロンドを黙らせるには効き目があった。

「確かに…、あいつからは欠席させるべきだという意見はあった…」

「今、ユリウス様と仲たがいしてはいけないわ。彼は大切なあなたの片腕でしょう？」

「わかったよ。だが王妃の席は作る。そして空席にしておく。それが私には決まった女性がいて、今回たまたま席を外しているだけだという意思表示になるだろう」

「エルロンド…」

私は身体を起こし、美しい礼服を着た彼に抱き着いた。

「嬉しいわ、ありがとう」

「食事は部屋へ運ばせる。お前はおとなしく寝ていろ」

「ええ。もうずっと寝てるわ」

「アレーナ」

彼は抱擁だけでは足りないというように、私に接吻けた。

優しいキス。

初めて出会った時には、この人とこんなに優しいキスを交わすとは思わなかった。

「言い忘れたが、今日のドレスはとても似合っていた。誰よりも美しかったぞ」

「…まあ」

彼の言葉に頬を染めて喜ぶ日が来ることも。

「おやすみ。明日には元気になってパーティに出られるように」

「ええ。明日には」

今晩中に兄様に話がつけば、きっと明日は何とかなるだろう。

「愛してるよ、アレーナ」

「私も」

彼を愛している。

この暮らしを、彼の愛を守りたい。

そのためにはどうしても、兄様を味方に引き付けなければ。

私はずっと頭が痛いと言い続け、夕食も半分残して体調が悪いことを示した。

侍女達は、もうすっかり私を慕ってくれていたので、随分と心配してくれたけれど、一人の方が楽なのと下がらせた。

誰が来ても、サラが来ても、通さぬようにと言い置いて。

たとえ兄様が席を外しても、エルロンドは国王、他の客を置いて席を外すことはしないだろう。だとすれば、これで誰にも気づかれることはない。

私はドレスの中で一番質素で飾りのないものを選び出すと、頃合いを見計らってそっと庭へ出た。

部屋の前の小庭は植え込みで囲まれているが、その間に無理やり身体を押し込んで抜けると、細い石畳の通路へ。

更にその先の植え込みを抜けると、見覚えのある場所へ出る。

今頃は大広間に皆が集まっているだろう。警備の兵もそちらに重点的に配備されているのか、あまり見かけることはなかった。

それでも何人かは歩哨《ほしょう》が立っているので、その目をかい潜《くぐ》って庭へ向かう。

暗い庭は怖かった。

でも、そんなことは言っていられない。

私はドレスの裾をからげるように持ち上げ、走った。

まだテントが残っている表庭を通り、生け垣の小道へ。

兄様は、まだいらしてなかった。

薔薇のアーチの根元で待っていると、暫くして人の足音が聞こえた。

「メルア？　いるのか？」

兄様の声だ。

「兄様」

飛び出してゆくと、兄様は手に小さなロウソクを持っていた。

揺らめく明かりに、懐かしい顔が見える。

「メルア。お前…、本当にメルアなのか？」

「はい」

「一体どういう訳なんだ。国でどれだけの騒ぎになっているか、わかっているのか？」

「…すみません」

「ちゃんと説明してくれるんだろうな？」

「はい。あの…、手紙はお読みに？」

「ゴートの王との結婚が嫌だから家出しますという書き置きか」

呆れたような口調。

王の娘のくせに我が儘を、と思っておられるのだろう。

「はい、私…、国のための結婚が嫌だったわけではありません。ただ、ゴートの王に嫁いでも大して国のためにはならないと思ったのです」

「それで家出か？」

「私…、女の身でも何かできることがあるのではないかと考えました」

私はなるべく言葉を選んで、そのときの気持ちを説明した。

王族の務めはちゃんとわかっているつもりだ。

けれど、遠方の小国へ嫁ぐよりも、自分には兄様やお父様の役に立つことがあるのではないかと思っていた。

なのにお父様は私の言葉など耳を傾けてくれない。だから、何かができるということを実際に示して見せようと城を出たのだ、と。

「それで？　それがどうしてこのエステアで王妃などと呼ばれることになったのだ？　しかも聞けばお前は『アレーナ』という名前だそうじゃないか。エルロンド王とも正式な婚儀もしていない。まさか、お前は彼と結婚するために城を飛び出したのではないだろうな？　もしそうなら、それは歓迎すべきことで、家出をするようなことでは…」

「違うんです。彼は、私がローウェルの姫だとは知りません」

「知らない？」

「私…、城を出てから働こうと思って仕事を探しました。その時偶然こちらのお城で家庭教師を探してらして、ここへ来たのです。平民の娘として」

本当はそれに『さらわれるように』というのが付くのだけれど、そこは割愛した。

「働いている時に陛下の目に留《と》まり、今は心よりの愛情を戴いております。でも平民出の娘では正式な妃にはなれず、陛下も心を痛めている次第なのです」

ここにもほんの少しの嘘はあった。

私はここで家庭教師として働いたことはないし、最初から偽の王妃が仕事だった。

でも、今となってはそれも些細なことだ。

「お前、これからどうするつもりなのだ？　メルア。ずっとこのままでいるつもりか？」

「いいえ。エルロンド様に嘘をつき続けることはしたくありません。あの方は、とても立派な王様です。それに、私の言葉をちゃんと聞いてくださいます。今回兄様をお招きしたレースのことも、私が進言したことです」

「…どうりで、親交のないエルロンド王から招待状が届くわけだ。国中の良馬を集めたレースをしますと聞かされて、私が断るわけがない。お前が、私は馬が好きだと話したのだな？」

「はい」

国中の馬を集めていたとは知らなかった。

ああ、だから彼はずっと地方へ忙しく出掛けていたのね。このレースに出す馬を探して。

「私が、自分はローウェルの姫だと言っても、誰も信じてくださらないでしょう。でも、正式に王子として招かれた兄様が『その通りだ』と言ってくだされば、信じてくださるはずです」

「私を証人に使うのか」

「…いけません？」

兄様は暫く黙ったまま考えていた。

嫌だ、と言われてしまうだろうか？

兄様だけが頼りなのに。

「お前は、本当にあの男が好きなのだな？」

「はい」

「あの男の妻になりたいのだな？」

「はい」

もうすでに妻なのです、とも言わなかった。

結婚の儀の前の女性に手を出したと知られたら、エルロンドの品格が疑われてしまうかもしれないので。

「わかった。今回はこのまま帰ろう」

「お帰りになってしまうの？」

「慌てるな。一先《ひとま》ず国へ戻って、父上を説得してくる。お前だって、正式な王妃として国民に祝福される方が幸せだろう。愛されているとしても、こんな、妾妃のような扱いは許せん」

兄様は私の頬に触れた。

「すっかり美しい女になって。見違えるほどだ。次に来た時、私からちゃんと正式にエルロンド王に話をしよう。そうしたら、お前をローウェルに連れて帰る。そしてきちんと結婚式を執り行う。それでいいな？」

「ああ…」

私は喜びに声を上げたる。

「愛してるわ、ありがとう」

嬉しい。

「私も愛してるよ。ほら、抱き着くのじゃない。ロウソクが消えてしまう」

もし本当にそうなったら、全てが上手くいく。

でも私は少し学ぶべきだった。

私が『きっと上手くいく』と思ったことは、大抵何か失敗を含んでいるのだと。

城を出て働こうと思った時も、狩りで上手く立ち回ると思った時も、大失敗ではなかったけれど、過ちはあった。

そして今度も、私の『上手くいく』は失敗してしまった。

しかも、今までで一番大きな失敗を。

「私の妻を国へ連れてゆくとはどういうことか、クロウリー殿」

低い声が闇に響き、明るいランタンの光が私達を照らす。

「このような時間に、人目を忍んで密会とは」

その光を携えていたのは、エルロンドだった。

怒りに燃えた瞳。

「違うわ、エルロンド。これは誤解よ」

私は慌てて兄様から離れた。

「誤解？」

私を見る彼の目が、今までとは違う。

愛しさに満ちた優しい眼差しは消え、蔑むような冷たい目になっている。

「そうだな、私はお前を誤解していた。単なる平民の娘だと。だがそうではなかったようだ。見事なダンスも、素晴らしい乗馬の腕前も、豊富な知識も、クロウリー殿について詳しく知っていたことも、今やっと説明がついた」

「エルロンド」

「お前は、クロウリー殿の愛人だったわけだ」

「違うわ！」

「エルロンド殿、誤解だ。甚《はなは》だ言いにくいが、これは私の妹なのだ」

今はまだ言わないと言っていた兄様も、様子がおかしいことに気づいたのだろう。一番言って欲しかった言葉を、口にしてくれた。

だが、彼はそれにも耳を貸さなかった。

「あなたは妹と国元へ戻って結婚式を挙げられるのか？　言い逃れるぐらいなら剣を取れ」

彼は照らしていたランタンを地面へ置くと、腰に下げていた剣を抜いた。

「エルロンド！」

「たとえ彼女が以前はあなたの愛人であったとしても、私は彼女を手放すつもりはない」

「この娘をそれほどに愛している、と？」

兄様は私の肩に手を置いた。

それは兄として無意識の行動だったのだろうけれど、それがエルロンドを余計に怒らせた。

「その手を離せ」

覚えている。

彼が、言った言葉を。

『嫉妬？』

『いつか、お前を抱く男に』

『私にはそんな方は…』

『今いたら、私はきっとそいつを殺すだろう』

彼と心を通わせた時に、彼が口にした言葉。

笑いながら言ったから、冗談だと思っていた。

でも、あれは真実だったのかもしれない。

「抜け！」

愛されている、と思った。

彼の気持ちを、言葉を疑わなかった。

だから彼の激情も、疑うことができなかった。

「だめよ！」

エルロンドの手が柄にかかり、鈍い光を反射させる剣が引き抜かれる。

私は兄様の前に身を躍らせ、しがみついた。

背中に感じた焼けるような痛み。

「アレーナ…！」

悲鳴に似た彼の声。

「メルア！」

目の前で、兄様の手からロウソクが落ちるのが見えた。

けれどそれを最後に、目の前が真っ暗になった。

「お前は…、私よりもその男を選ぶのか……」

暗闇の中、声に向かって手を伸ばす。

「だめ…、あなたが他国の王族を傷つけたら…戦争に…」

「口を開くな。すぐに人を呼びたまえ」

「私は…あなたの妻だから…。あなたが困ることは……」

背中は燃えるように熱いのに、身体が冷たくなってゆく。

「早くしろ！」

誰かが、私を抱き上げた。

ああ、お願い兄様。ことを荒立てたりしないで。

ここで私がメルアだと知られたら、この人がローウェルの王女を切りつけたと知られたら、
この人は王を追われてしまう。

それだけはしたくないの。

私は自分の命より、この人が大切なの。

「エル…ロ…」

その気持ちを伝えなくてはと思ったのに、痛みの中に酷い眠気が訪れて、抗うことができな

かった。

エルロンドにも、愛しているのはあなただけ。決してあなたを裏切ることなどないのだと、伝えることもできなかった。

「アレーナ！」

やはり、私の『上手くいく』は上手くいかないのだわ…。


痛みを感じて目を開ける。

目の前には、サラの顔があった。

何かを言っているけれど、私の耳には届かなくて、彼女が涙を流していることしかわからなかった。

大丈夫よ、と言ってあげたかったけれど声を出すことも、指一本動かすこともできない。

どうやら、部屋には他にも多くの人がいるようだったが、それを確認する前に瞼が下りてしまう。

サラがいるのなら、ここは私の部屋だわ。

私はまだアレーナなのだわ。

エルロンドはどうしているかしら？

私をまだ疑って、怒っているかしら？

私を傷つけたことを悲しんでいるかしら？

あの時…。

エルロンドが剣を抜いた時、私は心の片隅で喜んだ。

何という悪い女なのだろう。

彼が失態を犯すかもしれないという危険を感じながら、嬉しいと思ってしまった。

だって、彼は王だった。

初めて会った時から、一分の隙もなく国王だった。

性格が悪かろうが、口が悪かろうが、彼はそのことを忘れて行動したことはなかった。

自分の大切な伴侶の偽物を仕立てることを了承したのは、国内でいらぬ揉め事を起こさぬため。私という逆らえない平民の娘を隣に置きながら、手を出さなかったのは、そんな遊びをして国王の種ができるのを恐れたため。

自ら泥だらけになって視察に向かったのも、苦手な伯母様のパーティを開いたのも、みんな王としての務めだった。

私を愛していると思った時でさえ、彼は国王だから私を妻にできないと、気持ちを隠して私を襲った。

心を通わせても、王だから私を正式な妻にはできないとはっきり言った。

いつも、あの人の心の中には国と、王たる自覚がある。

でも、あの時だけは、それが全て消えていた。

自ら招いた隣国の王子に向けて剣を抜けば、どのようなことになるか、わからなかったわけがない。

国を争いに巻き込むことも、その原因を作ることで王の座を追われるかもしれないことも、あの時エルロンドの頭にはなかったのだ。

ただ私のことだけしか。

それを喜びと感じた。

だから、背を切りつけられたのは罰なのだ。

歪んだ歓喜への。

そして兄様。

兄様は無事かしら？

私が切られたことで、エルロンドを悪く思ったりしていないかしら？

穏健な兄様だから、すぐに戦争をとは言わないだろう。

でも、自分に刃を向け、妹を切りつけたエルロンドに、あまりいい感情は持たないかもしれない。

せっかく両国が親しくなるきっかけができたと思ったのに、私のせいで全て台なしになってしまうかも。

慎重にやるべきだったわ。

私のことを心配してくれていたエルロンドが、公式行事を抜け出してくることまで考えなかった私の失態。

もしも兄様が不問に処してくださっても、兄様に付き従ってきた者達はどうかしら？

ああ、不安だわ。

どうあっても、私は傷を治して、皆に説明しなくては。

私が愚かで身勝手だっただけだと。

監禁されていたわけではないのだもの、手紙の一つも書いておけばよかった。

目眩が酷くて、世界が揺れている気がする。

サラはまだ泣いているかしら？

誰かが泣いている声がする。

喉が渇いた。

身体が重い。

意識が、泡沫のように浮かび上がり、目を開ける。

けれどすぐにパチンと弾けて、また暗闇に引き戻される。

早く目を覚まさなくては。

早く説明しなくては。

はやく、エルロンドを安心させてあげなくては。

けれどどうしても、私は目を開けることができなかった。

ずっと。

ずっと…。


「お前の婚礼は決定事項だ。取り消されることはない」

低く、不機嫌な声。

「身体に傷のある娘を嫁に欲しいと言ってくれる者は少ない。相手を選ぶことができないのは自業自得だ。望まれるだけありがたいと思え」

お父様の言葉に、私は身体が震えた。

あの日、エルロンドの刃を受けてしまった私は、傷のせいで意識を失っている間にローウェルに連れ戻されていた。

目覚めた時には、既に城の自分の部屋のベッドで、傍らには侍女のミアが付いていた。

それから、お父様や、お母様、兄様や姉様が代わる代わる見舞いに訪れてくださったが、私は会話をすることもおぼつかない状態で、皆が涙するのを見るばかりだった。

傷は深手で、生死を彷徨っていたのだと、後で聞かされた。

傷口が塞がれば、元の通りに動けるようになるが、刀傷は一生残るだろうとも。

ベッドの上から動くこともできない日々。

私は何も知らされなかった。

あの後、エルロンドがどうなったか、クロウリー兄様は彼と交渉したのか、お父様は彼を咎めたのか。

本当に何一つ教えてもらえなかった。

それどころか、ずっと一緒だったミアも取り上げられ、お母様付きだった侍女と入れ替えられ、私の言葉を他人に伝える術もなくした。

自分がしでかしたことを謝罪することも、何があったのか説明することも、エルロンドを擁護する言葉さえも取り上げられた。

誰に会うこともできず、幽閉状態だ。

それでも、傷が癒えれば、お父様と会って事情を説明する機会を得られるだろうと信じていた。

けれど、こうして傷が癒え、起きられるようになってやっとお目通りを許された私にお父様が与えた言葉は、再び嫁げというものだった。

「嫌です」

繰り返す言葉。

「私はゴートの王の元へは参りません」

「王の命に背くつもりか」

「お願いです、お父様。私をあの方の元へ戻してください」

私はお父様の足元に伏してお願いした。

「あの方とは誰のことだ？」

「エステアの王、エルロンド様です。私はあの方を愛しているのです。あの方も私を…」

「お前やクロウリーに剣を向けた男がお前を愛していると？　聞けばお前は妾妃のように扱われたというではないか」

「それは誤解です！　私達は心を通じておりました。それに、あの方はご立派な方です」

「お前の言葉は聞く必要がない」

お父様は不機嫌そうに顔を背けた。

「いいえ、どうか耳を傾けてください。エステアは確かに不安定な国です。けれどエルロンド様はきっとあの国を立て直されるでしょう。トールと睨み合っている我が国にとっても、背後のエステアと結ぶことは歓迎すべきことです」

「国のため、犠牲になる、と？」

「いいえ。私があの方を愛しているからです」

「何を言おうとも、私の心は既に決まっている。お前は嫁がせる。そしてお前に付けてやるものは何もない。身一つで他国へ行くがいい。たとえ見知らぬ国で苦労しようとも、お前はそれだけのことをしたのだ」

「お父様……！」

「部屋へ戻っておとなしく迎えが来る日を待て。もしまた逃げ出そうとしたら、お前に付いている者を管理不行き届きとして厳罰に処す」

「そんな」

「深く反省するがいい」

「反省ならばいくらでもいたします。私に与えるものがなくても、構いません。ですから、私をエステアへ、あの方の元へ……！」

「下がれ」

必死の訴えも、お父様には届かなかった。

顔を背けたまま手で口元を覆い、「全く……」と漏らすだけだった。

「お父様」

「下がれと言ったのが聞こえなかったか。それとも、衛兵に連れ出されたいか。お前は他国の王族に身分を偽って居座った。それだけでも問題だ。更に相手は我が国の跡継ぎに剣を向け、お前を殺すところだった。戦争を回避した今の状態だけでも、十分感謝すべきものだろう」

吐き捨てるように向けられた言葉に、何も言えなくなってしまう。

「エルロンド様にお咎めはないのですね…？」

「謝罪に名馬を二十寄越したからな」

「……感謝、…いたします」

あの方が無事ならば、あの国が無事ならば。それ以上を望んではいけないのかもしれない。

お父様がおっしゃる通り、一歩間違えば両国に戦火を持ち込んだかも知れないのだから。

「…ご温情に感謝いたします。ですが、もしよろしければエステアとの同盟をお考えください。お父様の後ろ盾があればあの方は立派な王としてあの国を治めることができるでしょう。隣国が安定した友人となることはお父様にも喜ばしいことだと思いますので…」

せめて、これだけは彼のためにしてあげたい。

「…考えておこう」

「ありがとうございます」

力無く立ち上がった私に、お父様はぽつりと漏らした。

「変わったな。我が身よりも先に考えるものができたか。お前をそこまで変えたのは何だ？」

それには、胸を張って答えることができた。

「エルロンド様です」

それだけは、恥じることなく言える。

私は罪人になろうとも、彼が見せてくれた王としての資質が、それをかなぐり捨ててまで求めてくれた愛情が、私を変えたのだと。

「少し…、気が変わった。お前を嫁がせる前に、もう一度今の話をしてやろう。行きなさい」

「…はい」

今すぐにでも、逃げだしたかった。

城を飛び出して、どんな手段を使ってでも、彼の元へ行きたかった。

けれど、まだ完全に復調していない身体で、それを行うには無理があったし、私が逃げれば周囲の者に迷惑がかかる。

また自分の身勝手で、他人を巻き込むことはできない。

お父様の部屋を出ると、そこには数人の兵士が待っていた。

「姫様を警護するようにおおせ付かっております。お部屋までお送りいたしましょう」

逃げられない。

姫としての重責が私を縛る。

「言われなくても、ちゃんと戻ります」

けれど、もう私は他の人に嫁ぐことなど考えられなかった。

たとえ相手がどんなに素晴らしい方であったとしても、私の心はもうただ一人の人に捧げてしまっていたから。

逃げ出さず、それを貫く方法を考えるしかない。

彼以外の人を拒む方法を…。


人は、幾つかの立場がある。

誰の子供であるとか、何の仕事をしているとか、何になりたいとか。己を説明する言葉を選ぶことができる。

私は女で、ローウェルの国王の娘で、第一王位継承者クロウリー兄様の妹で、ゴートの王の許婚で、ミア達の女主人でもある。

けれどももし私を表す全ての言葉の中で、たった一つしか選べないのだとしたら、私は『エルロンドの妻』でありたいと願った。

エステアの王妃ではなく、エルロンドの妻になりたいと。

だから、私は心を決めた。

全てを、本当に一切合財《いっさいがっさい》の全てを捨てても、私は自分の人生を『エルロンドの妻』であり続けたい。

ゴートに嫁げば、彼しか知らないこの身体に、あの老人の手が触れるのであろうと想像すると、ゾッとした。

絶対にそんなことはさせないと、心に誓った。

お父様の言い付けで、部屋から一歩も出ずにいた私は、毎日そんなことばかり考えていた。

もう一度、嫁ぐ前に話す時間を作ってくれるという話を信じて、その時に最後のお願いをしようと思っていた。

何でもします。

だからゴートには嫁がせないでください、と。

エステアに戻れなくても、他の人に嫁ぐくらいなら、尼僧院へ行く方がマシです、と。

だが、その日、朝目覚めると、ここのところずっと付いていたお母様付きの侍女ではなく、ミアがやってきた。

「お着替えを、姫様」

「ミア。許されたの？　これからはまたあなたが私に付いてくれるの？」

「いいえ。私は今日だけです。姫様の最後のお世話をしたいと申し出ましたので」

「…最後？」

「花嫁のお支度だけは、手伝って差し上げたかったので」

「花…嫁…？」

「はい。あちらの陛下がお迎えにいらしたので、すぐにお支度を、と」

見ると、彼女の後ろには白いドレスを手にした侍女が何人か控えていた。

「待って、おかしいわ。だってお父様は私とお話しをしてくださると言ったのよ。まだお父様とお会いしていないわ」

「姫様。さ、お支度を」

「ミア！」

彼女は視線を合わせぬよう、目を逸らした。

「私も詳しくは伺っておりませんので、よくわかりません」

可哀想な姫様、と言ってくれたミアのやんわりとした拒絶。

彼女に黙って城を出てしまった。

そのことで彼女の信頼も失ったのかもしれない。

「さ、どうぞ」

手を引かれ、人形のように部屋の真ん中へ連れ出されると、一斉に侍女達が着替えに取り掛かる。

真っ白なレースだけで出来たドレス。

襟元には薔薇の花とテープのようなリボンがあしらわれ、美しいドレスだった。

髪も結い上げられ、水晶のピンが何本も差し込まれる。ただ、背の傷を隠すため、後ろはそのまま垂らしていた。

最後にティアラを載せられ、『花嫁』ができあがってしまう。

「お美しいですわ…」

ミアは私の姿を見て、涙ぐんだ。

私を憐れむ気持ちは残していてくれるのね。

「ミア…。今更言ってもあなたに言葉は届かないかも知れないけれど、あの時あなたに何も言わずに出て行ってごめんなさい」

「そんな、姫様…」

「あの頃は、まだ私は人を思い遣ることのできない子供だったわ。でも、人の上に立つ者は周囲のことを考えるべきなのだと教えられて、とても反省しているの。私が起こした行動で、あなたがどういう目に遭うか、もっとちゃんと考えるべきでした。ごめんなさい…」

彼女の手を握ると、堪え切れないというようにミアは涙を流した。

「姫様。もったいないお言葉です。どうぞあちらでもお幸せに…」

その返事は、できなかった。

「部屋へ立ち寄ってもいいかしら？　愛用のハンカチを持って出たいの」

「私が持ってまいりますわ」

「いいえ、最後だもの、自分が育った部屋を見ておきたいわ」

「かしこまりました。でもお一人では…」

「ええ、誰がついてきてもいいわ。扉の外に兵士を待たせていてもいいわ」

お父様にも、裏切られた。

ああいえば私がその時をおとなしく待つと思われたのかもしれない。お父様に会うまでは逃げ出さないだろうと。

一度信頼を裏切った者は、もう信じてはもらえないのだ。

私は皆の信頼を裏切ったのだ。

そのことを今更ながら強く思い知らされた。

自室へ行くと、私は奥のクローゼットへ向かい、小引き出しからハンカチと、小さな剣を取り出した。

宝石の付いた手よりも少し大きいその剣は、ペーパーナイフとして使っていたものだ。

私は背後で待つミアの目を盗んで、それをハンカチで包むとドレスの胸元へ押し込んだ。

それからもう一枚ハンカチを手にしてから、振り向いた。

「いいわ。行きましょう」

一国の姫が嫁ぐというのに、式典も何もなかった。

お父様やお母様にご挨拶も許されなかった。

兵士に囲まれ、侍女を引き連れ、先導されるまま通路を進む。

私には何もやらないと言われていた。だから、花嫁道具なども随行の召し使いもないというのは覚悟していた。

けれど見送りもないとは…。

結婚の、というより葬送り行進のようだわ。

無言のまま王城の戸口まで進むと、そこには白い八頭だての大きな馬車が停まっていた。

「中で、花婿様がお待ちでございます。どうぞお乗りください」

「中に？　ご本人がお迎えにいらしたの？」

「はい」

「このまま…、あちらまで行くのね？」

「はい」

目眩がした。

けれど私にはここから立ち去ることはできない。

「…わかったわ。皆様にはお別れを伝えておいてください。色々ご迷惑をかけたことをお許しくださいと。最後まで…、ご迷惑をおかけしましたと」

「はい」

深く頭を垂れたミアの肩はまだ震えていた。

自分の足で馬車に歩み寄ると、戸口に立っていた侍従が扉を開ける。

侍従の手を借り、踏み台に足をかけ、馬車に乗り込む。

馬車の中は広かったが、窓にカーテンがかかっているせいか薄暗かった。明るい外から入ってきた私には目が慣れず、余計に暗く感じる。

座席も、カーテンで仕切られていたが、そこに座る者の足が見えた。

私が乗り込むと、背後で扉が閉じられる。

あの老人と二人きりの個室で、ゴートまでの長い旅が始まるのか。

彼の隣に座ると、馬車はすぐに走りだし、仕切りのカーテンの下から伸びた手が、私の手に触れようとした。

指先が触れた瞬間、私は我慢が出来ず、その手を振り払って戸口に身を寄せた。

「触らないでください！」

胸の間に隠していた小剣を取り出し、身構える。

「私に触れたら死にます。国のため、この馬車には乗りますが、私の心も身体も既に別の方のものです。いかような扱いを受けようともかまいませんが、私に触れることは許しません。もし力に訴えるのなら死にます！」

全身から嫌な汗が出た。

それでも、私には受け入れられなかった。

たとえどのような咎めを受けたとしても、エルロンド以外の人に触れられたくはない。

「意に添わぬことがあると、すぐに『死ぬ』『死ぬ』と脅すのだな」

笑うように響く声。

「もっと自分を大切にしろ」

座席を隔てていたカーテンが開き、同乗者が顔を見せる。

暗がりに慣れてきた目に、その顔がはっきりと見えた。

いいえ、顔など見なくても、その声だけでわかった。

「……エルロンド！」

私は手から小剣を落とし、目の前の彼に抱き着いた。

「エルロンド、あなた…！」

子供のように涙を流し、もう離れないとばかりにしがみついた。

「どうして…、どうしてあなたがこの馬車に？」

「花嫁を迎えに来たに決まっている」

「でも、お父様は…」

「娘を傷物にした責任を取れ、とありがたいお言葉をいただいたよ。それでお前が幸福になるのならば、全てを不問に処す、と」

『お前の婚礼は決定事項だ。取り消されることはない』と、お父様は言っていたのに。

いいえ…、私の『婚礼』は決定事項だと言ったけれど、相手が誰かとは言わなかった。

「ただし、娘にお灸《きゅう》を据えてからだと言っていたが、な」

「…酷いお灸だわ。私は別の人に嫁がされるのだと…」

ではあの時お父様が私の視線を避けたのは、この意地悪を悟られないためだったの？

エルロンドは、我慢できないというように私に口付けた。

私も、我慢できずそれを受け入れる。

本当のキス、を知っているから。

「あの後、傷ついたお前を城へ運ぶと、ローウェルから随行していた者達が驚いてお前を『メルア』と呼ぶのを聞いて、やっと私は真実を知ったのだ。お前の正体がローウェルの姫で、クロウリー殿の妹だと。何故隠していた？」

「言っても信じてくださらないと…」

「信じたさ、お前には王女の品格があった」

そしてまたキス。

「君の兄上には本当にお世話になった。騒ぎになった後、あれを事故として処理してくれたのも、お父上の説得に向かってくれたのも、クロウリー殿だった」

「馬を二十頭取られたのではなくて？」

「それは父君への謝罪だ。クロウリー殿には向こう五年の間生まれる子馬の中から好きなものを十頭ずつお渡しする」

「強欲だわ」

「お前に代えるものなど、何もない。お前になら何でもやると言っただろう。今度は王妃の座も、与えてやれる」

彼は私の肩を捕らえると、くるりと返した。

傷を隠すための髪をかき分け、背に触れる。

「…可哀想に。私のせいだ。すまなかった」

その傷痕に、唇を寄せた。

「あ…」

その感触にゾクリと鳥肌が立つ。

「この傷に誓おう。お前を疑うことの愚かさを思い知った。これから先はアレーナを、いや、メルアを信じ、愛し抜くと」

傷の全てにキスを降らせる。

それは誓いなのだろうけれど、私には愛撫としか思えなかった。

「エルロンド…、やめて。くすぐったいわ」

そう言うと、彼はそのまま背後から私を抱き締め、今度は耳にキスした。

「残念だな。国へ向かうのであれば、長旅だから馬車の中でお前を愛することもできるのに」

言いながらも、彼の手が私のドレスの襟元から忍び込んでくる。

「エステアへ向かうのではないの…？」

身を預け、彼の指先を感じる。

「準備が整うまで、走り回るだけだ」

「準備？」

彼に抱かれることはもうないと諦めていたので、この品の悪い悪戯も悦びでしかなかった。

「わかっているだろう？」

「まさか…、式の？」

「それ以外に何がある」

「でもお父様は…」

何もしてやらないと言っていたのに。

あれもまた嘘だったのね。

「もしかして、このことを知らなかったのは私だけ？」

「多分な」

酷いわ。

「ローウェルでの式が終わったら、次はエステアでの式だ。ユリウスが『正式な婚約が整うまで秘密にしておりました』という言い訳を付けて、お前が嫁いでくることを発表した。皆驚いたが、祝福してくれたよ。もちろん、サラもな。クロウリー殿も参列してくださるそうだ」

「当然だわ。兄様は五年も良馬をいただくのだもの、私達はその権威を使わせていただかなくちゃ」

口づけて、口づけて。

何度も唇を重ねて、彼が私を求める。

揺れる馬車の中で、轍の音に消されるけれど、小さな声を上げてしまう。

「花嫁の衣装を乱さないで…」

「拷問だな、夜まで待たなくてはならないのは」

走り回り、時間を過ごした後、馬車は城へ戻り、盛大なファンフーレと花吹雪の中、正門へ到着する。

さっきはなかった緋色の絨毯が大扉の前まで敷き詰められ、誰もいなかった場所に多くの人々がひしめき合う。

中には、満面の笑みで涙を光らせるミアの姿もあった。

そして大きく開かれた扉の中央には、満足そうに微笑むお父様とお母様の姿も。

「さあ、行こう」

エルロンドは私の背中にキスをして、痕を残した。

「今度こそ、お前が私の妻になることを、世界中に知らしめてやる」

「エルロンド」

私の王。

私の夫。

先に降りた彼の白い衣装が輝いて眩しい。

その光に向かって、私は手を差し出した。

「ええ。私があなたをどれほど愛しているかを、皆に伝えるわ。これが、幸福な結婚であることを」

触れる手に、涙が零れそうになる。

「私達が愛し合っていることを」

この幸福な結末を、全て感謝して…。

あとがき

皆様初めまして、もしくはお久しぶりでございます。火崎勇《ひざきゆう》です。

この度は『王の寵愛と偽りの花嫁』をお手にとっていただき、ありがとうございます。

イラストのCiel《シエル》様、素敵なイラストありがとうございます。担当のM様、ありがとうございます。

そしてお二方には色々とご迷惑をおかけいたしました。こうして本の形になったのも、お二方のお陰です。ありがとうございます。

さて、このお話、いかがでしたでしょうか？

家出姫の大冒険ですが、家出した先でまさかこんなことになろうとは、です。メルアの予定では、小間物屋のような店で働いて、その店を自分の力で大きくして…、などと壮大な計画を立てていたのです。

でもエルロンドに会うための家出だったのだと、今は納得しているでしょう。

一方のエルロンドも、見目のよい代理の花嫁を二、三カ月手元に置いて、病気で亡くなったことにして暫く喪に服すからと縁談を退けるつもりでしたが、こちらも今は大満足です。

とはいえ、エルロンドはローウェルでの結婚式の際には、メルアの親兄弟にネチネチと苛められるでしょうね。特に父王からは、娘を傷物にして、と。真実が真実なので、エルロンドも強く出ることができず、おとなしく苛められるままです。

エステアでのメルアも、もちろん皆に歓迎はされますが、サラやレイアや伯母様達に、自分にぐらいは正体を明かしてくれてもよかったのに、と厭味を言われそう。

でもまあ、それ、幸せな、愛あるイジメですから、文句もないでしょう。

そしてメルアはエルロンドの片腕とまではいきませんが、妻として、彼の仕事を支えることになります。

城でじっとしている、なんてできない女性ですから、エルロンドと二人で視察と称してどこかの街にお忍びで出掛けたりもするでしょう。今まで勝手をする王様に苦労していたユリウスにとっては、心配の種が二倍になってしまいます。

…可哀想に。彼にも早く可愛いお嫁さんが来るといいですね。

お嫁さんと言えば、挿絵のラフをいただいた時に、クロウリー兄様が美形だったので、担当様と『お兄さんで番外編を書きたいですね』などと話をしておりました。

しっかりした女性が彼を支える、なんていいですよね。レイアとか。いえ、それより、もっとたおやかな女性が現れて、しっかりとした王になる、とか？

今のところ予定はありませんが。（笑）

それではそろそろ時間となりました。またの会う日を楽しみに。皆様ごきげんよう。

ロイヤルキス文庫

Royal Kiss Label

♥好評発売中♥

心も身体も奪ったのは、冷酷で不器用な君主。

傲慢王とシンデレラ姫
〜愛の運命に結ばれて〜

水島　忍：著
えとう綺羅：画

虐げられ、過酷な毎日を過ごしていた元王女・レイラ。彼女が不思議な旅人と出会った半年後、王国は破滅した。敵王に要求され、レイラは現王女のかわりに花嫁となる。しかし、城に現れたのはあの日の旅人——いや、悪魔だと評判のウィルフレッド王だった。偽りのまま処女を捧げ、身体を暴かれる快感に震えるレイラ。敵に心を奪われてはならない、けれど助けてくれた旅人の面影を忘れる事もできない。快楽だけが宿命を忘れさせてくれるが、彼の本当の心は一体——？

定価：本体 571 円＋税

いい声だ、もっと感じて。綺麗な君。

蜜夜の花嫁
〜皇太子様に魅入られて〜

橘かおる：著
gamu：画

「いじられるの、初めて？」 離宮へ避暑にやってきた活発な公女アナは、川で負傷した男を救う。煌びやかな装飾を纏う麗しい男は隣国の王子フランツだった。目覚めたフランツは助け出したアナではなく、双子の姉アガサへ “命の恩人” と勘違いして口説いてしまう。本当はアナを愛している証と、フランツは甘い唇でアナの心を蕩かせ、無垢な純潔を淫らに散らし、欲望を刻んでゆく……。素直になれずにいたアナも熱い愛撫に幾度も許してしまい⁉ 蜜夜に誓う濃厚ラブ♥

定価：本体 581 円＋税

ロイヤルキス文庫

♥好評発売中♥

俺の繁栄の味を、確かめてくれ、花嫁よ。

エロティクス・ウエディング
～皇帝は淫らに花嫁を飼育する～

斎王ことり：著
KRN：画

王女リティシアが姫巫女として参じた儀式は、契約者と呼ばれる仮面の男の陵辱を受けることだった――淫虐に耐えられず、リティシアは王宮を飛び出してしまう。俗世に降り、右も左もわからぬその時、傲岸不遜な青年・ラディアスに救われた。彼の城館で蕩けるような介抱を受けるリティシアだったが、彼は消えた花嫁の身代わりを探していると言いだして⁉　与えられる愛撫に勘違いしてしまいそうになる――珠玉のエロティック・ラブロマンス♥

定価：本体 610 円＋税

「逃がさない。全て私のものにする」
魔の手から守る皇子の求愛。

斎姫の秘め事
―宵闇に愛される純潔―

芹名りせ：著
九重千花：画

後ろ盾のない真白は従兄である皇子・須王に求婚されながらも、身分の違いから頷けずにいる。そんな中、真白は「斎姫」に選任された。須王と結ばれることは叶わないのだからと、神に仕える命令を受け入れる真白。しかし、待っていたのは祈祷とは思えぬ陵辱の儀式だった。抗えない悦楽に震えながらも、心が求めるのは須王ただ一人…未知なる相手に無理やり身体を開かされていく真白。「そなたが穢されるならば」と、須王の下した決断とは――。

定価：本体 590 円＋税

ロイヤルキス文庫をお買い上げいただきありがとうございます。
先生方へのファンレター、ご感想は
ロイヤルキス文庫編集部へお送りください。

〒102-0073　東京都千代田区九段北1-5-9-3F
(株)ジュリアンパブリッシング　ロイヤルキス文庫編集部
「火崎　勇先生」係　／　「Ciel先生」係

✦ロイヤルキス文庫HP✦ http://www.julian-pb.com/royalkiss/

Royal Kiss Label

王の寵愛と偽りの花嫁

2014年7月30日　初版発行

著　者　火崎　勇

発行人　小池政弘

編　集　株式会社ジュリアンパブリッシング

発行所　株式会社ジュリアンパブリッシング
〒102-0073　東京都千代田区九段北1-5-9-3F
TEL　03-3261-2735
FAX　03-3261-2736

印刷所　中央精版印刷株式会社

ISBN978-4-86457-074-9　Printed in JAPAN